CB065312

Hoje é o dia mais feliz da sua vida

© 2010 - Elisa Stecca

Direitos em língua portuguesa para o Brasil:
Matrix Editora
www.matrixeditora.com.br

Projeto gráfico:
Ricardo van Steen

Direção de arte:
Alexandre Macedo Costa

Foto da autora:
Jaques Faing

Dados Internacionais de Catalogação na Publicação (CIP)
SINDICATO NACIONAL DOS EDITORES DE LIVROS, RJ.

Stecca, Elisa
   Hoje é o dia mais feliz da sua vida / Elisa Stecca. - São Paulo :
Matrix, 2010.

   1. Motivação (Psicologia) - Citações, máximas, etc. 2. Conduta. 3.
Felicidade. I. Título.

10-3568.   CDD: 153.8
                            CDU: 159.947.3

Hoje é o dia mais feliz da sua vida

Elisa Stecca

Prefácio de Oscar Quiroga

*Este livro é dedicado
a você que inicia seu caminho de
mudança, porque hoje você é
a pessoa mais importante
do mundo.*

agradecimentos

Agradeço imensamente à minha família, à minha terapeuta Mariza Gimenes, aos grupos de apoio que me acolheram, ao Centro da Luz Divina, à Ubisagão Tomba Branca da Bahia-ne-eu, regional Jardim América, ao César Quiroga, que sempre me inspirou, a Louise Hay, cujo livro Você pode curar sua vida acendeu a fagulha e ao mesmo tempo ajudou a apagar o incêndio, aos amigos que ficaram por perto, ao Eduardo Van Deen, que contribuiu com seu talento para a beleza desta obra, e, principalmente, ao Paulo Fadul, editor da Matrix, que transformou meu desejo nesta realidade que você tem em mãos. Agradeço também, com amor infinito, às minhas musas Jade e Luz, minhas filhas lindas que são minha referência.

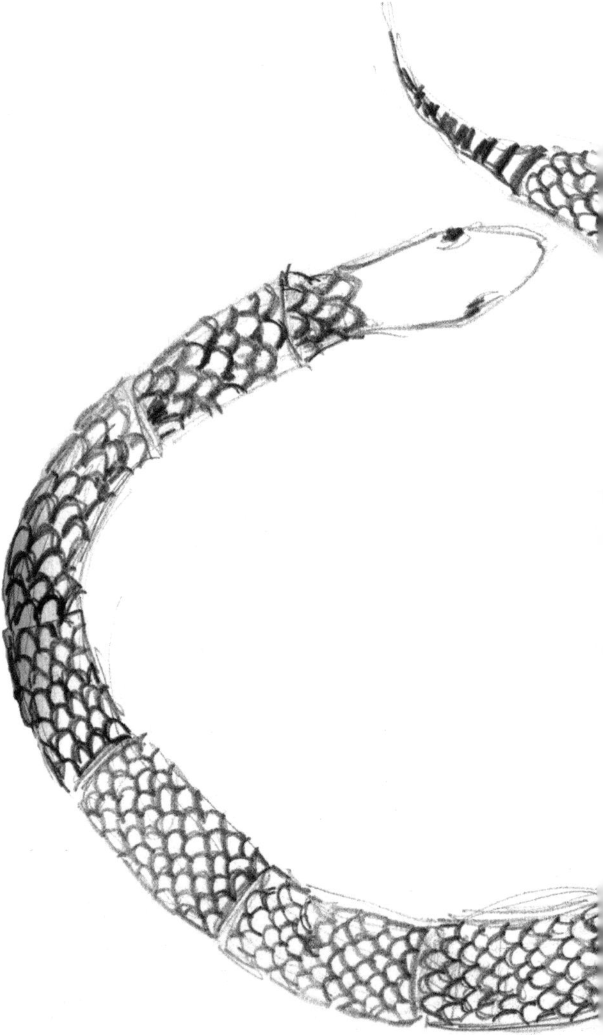

prefácio
Oscar Quiroga

Uma só palavra na hora certa pode fazer a maior diferença. Uma frase inteira no momento adequado pode transformar a vida para sempre.

Palavras e frases circulam por aí em livros, vêm da boca de pessoas inesperadas ou desconhecidas, surgem em gibis, jornais e revistas, na tela do computador e até em pichações, todas se encontram à espera de quem saiba ouvi-las e lê-las. Porém, nem sempre nos encontramos no estado de ânimo necessário para dar atenção a essas informações que nos iluminariam e se tornariam imediatas orientações, que é tudo de que precisaríamos em determinados momentos.

Por isso, alguém tem de se atrever, de vez em quando, a formatar essas palavras e frases e emoldurá-las em livros como este, com o firme intuito de prestar o inestimável serviço de fornecer a base para que o leitor faça a sua trama, a essência da autoajuda.

Você encontrará aqui todas as palavras de que precisa, todas as frases que poderiam mudar sua vida para sempre e para melhor. Todas são a urdidura para você tecer sua trama e realizar a autocura, tal qual faria um xamã ao desenhar complicadas geometrias com areia colorida enquanto entoa canções misteriosas.

A autora fez a metade do trabalho, agora será a sua vez de ler sobre o que precisa para imediata orientação.

introdução

este livro é para ser lido.

Em 2005, iniciei um processo de mudança muito intenso. Foi um caminho de morte e tive que me livrar de muita coisa. Separei-me e tive que enterrar meu sonho da família linda e perfeita de comercial de margarina.

Sepultei um hábito que adorava: beber com os amigos. Pus embaixo de sete palmos planos e ilusões com relação à minha carreira, minhas expectativas de reconhecimento familiar e público. Levei para o crematório meus anseios de curar coisas que eu sabia serem erradas e sobre as quais achava que tinha influência. Velei projetos, pessoas que julgava serem reais e plausíveis e a parte de mim que acalentava e alimentava tudo isso. Chorei sobre os escombros e senti muita dor. Senti uma dor de morte. Tive vontade de desistir, de sumir, de mandar tudo para o alto e achei, em muitos momentos, que não fosse conseguir. Entretanto, tive muita ajuda nesse caminho. De pessoas, de uma força interna, que se tornava mais intensa à medida que eu assumia minha fragilidade, e de sinais que chegavam a mim sob as mais variadas formas. Senti-me guiada e amparada em momentos bem difíceis, e uma das formas de traçar um mapa de navegação foi através da leitura. Mergulhei de cabeça em tudo que pudesse me trazer alguma resposta. Este livro é isso.

um passaporte pessoal.

É também um jeito de partilhar um pouco do que ganhei e de retribuir a graça que recebi. Pude aprender que a linguagem mais eficaz é a mais simples e que realmente só manterei o que tinha se o multiplicasse, dividindo com os outros.

Ter minhas palavras publicadas é um sonho que se realiza. E fico muito feliz em perceber que uma palavra pode ajudar aqueles que querem ser ajudados.

Enfim, com você, mais um livro de autoajuda, termo que, para mim, não tem nada de pejorativo, mas é, sim, o maior elogio que poderia receber, pois de fato não concebo nenhum outro tipo de ajuda que não venha de nós mesmos. Porém, se eu puder ajudar, ficarei muito contente.

11

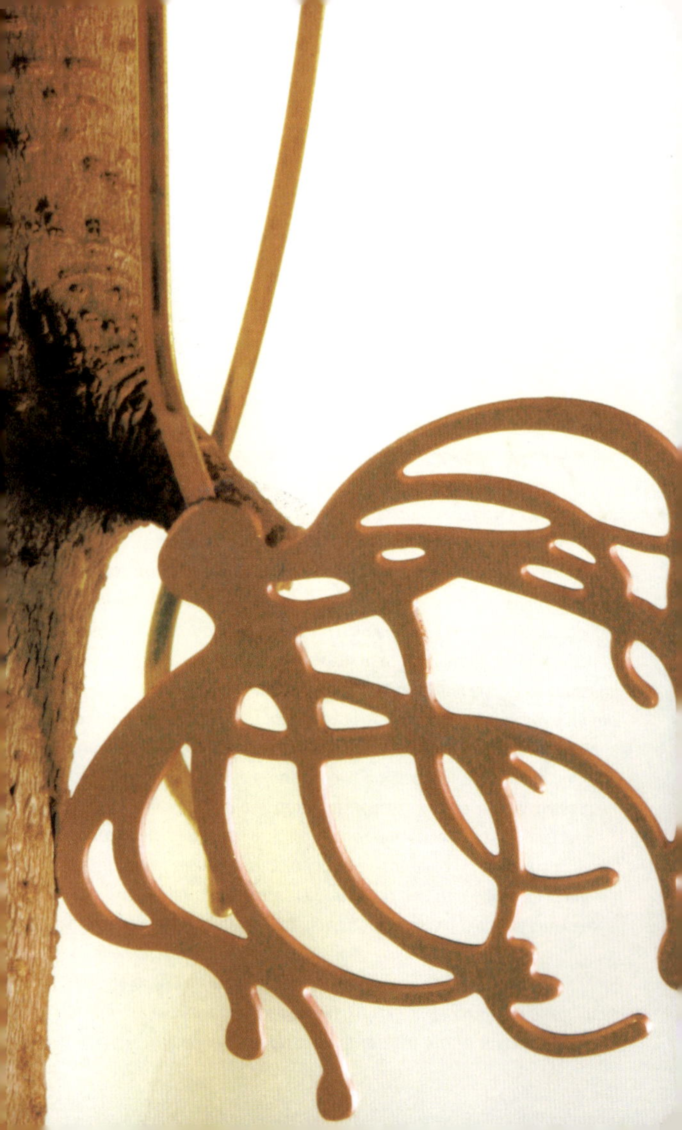

...

Todos os dias

Dia 1

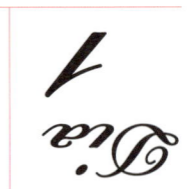

Palavras para sintonizar-se com o momento presente

Tudo começa no agora, na infinidade do momento atual que é uma dádiva, algo tão precioso que lhe foi dado e que, por isso mesmo, é chamado de presente. Viva!

Coloque todo o seu corpo na intenção do sucesso, concentre-se e repita pelo menos vinte vezes:

> Hoje é o dia mais feliz da minha vida
> Hoje é o dia mais feliz da minha vida
> Hoje é o dia mais feliz da minha vida

Lembre que o tempo é um agora infinito e que todos os momentos do dia são propícios. Caso seja tomado pelo desânimo, volte para este propósito e repita:

> Hoje é o dia mais feliz da minha vida
> Hoje é o dia mais feliz da minha vida
> Hoje é o dia mais feliz da minha vida

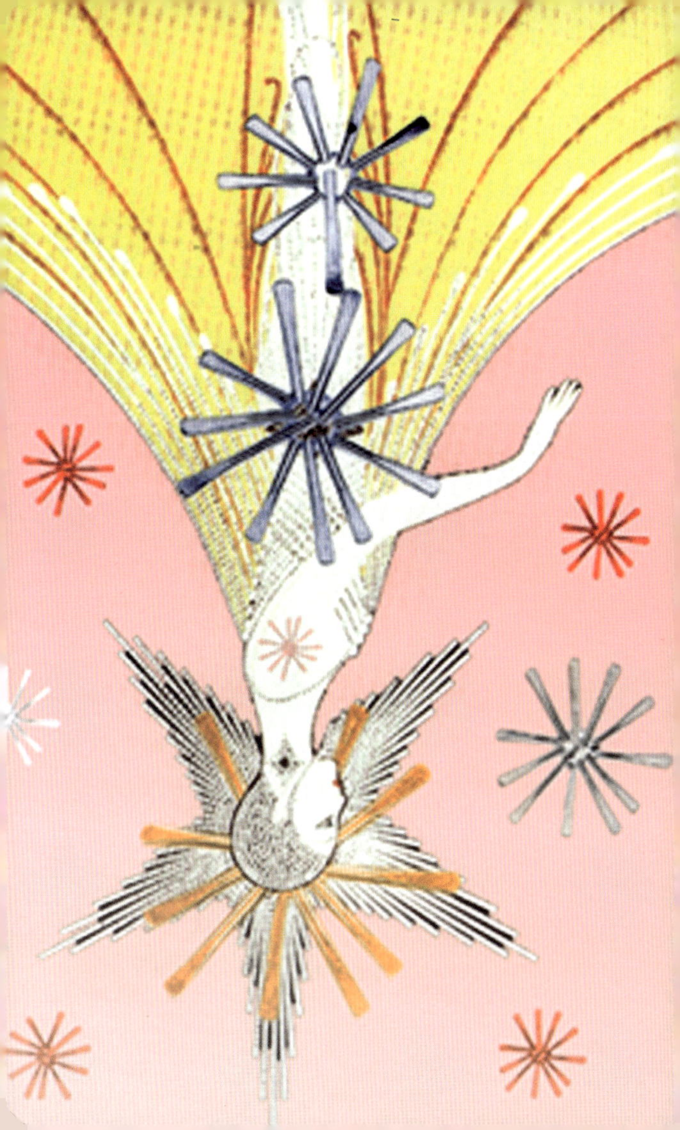

Dia 2

Palavras para manter o propósito

A felicidade é muito mais uma escolha que uma circunstância.

Somos responsáveis pela maneira como levamos a vida e vemos os fatos. É como a velha história do copo, que pode estar meio cheio ou meio vazio, dependendo de quem o vê. Enxergar os acontecimentos por um prisma positivo é um caminho para a gratidão. A gratidão abre as portas do contentamento.
O contentamento é bastante.
Mudar implica disciplina, mas a intenção de viver melhor é primordial. A partir disso, travamos um pacto com o Universo, que inicia seu trabalho.
Devemos fazer nossa parte com muito empenho. Toda vez que incorrermos em padrões antigos de infelicidade, podemos retornar ao propósito de ser feliz.
Insista, persevere. Lembre sempre a que você se propôs.

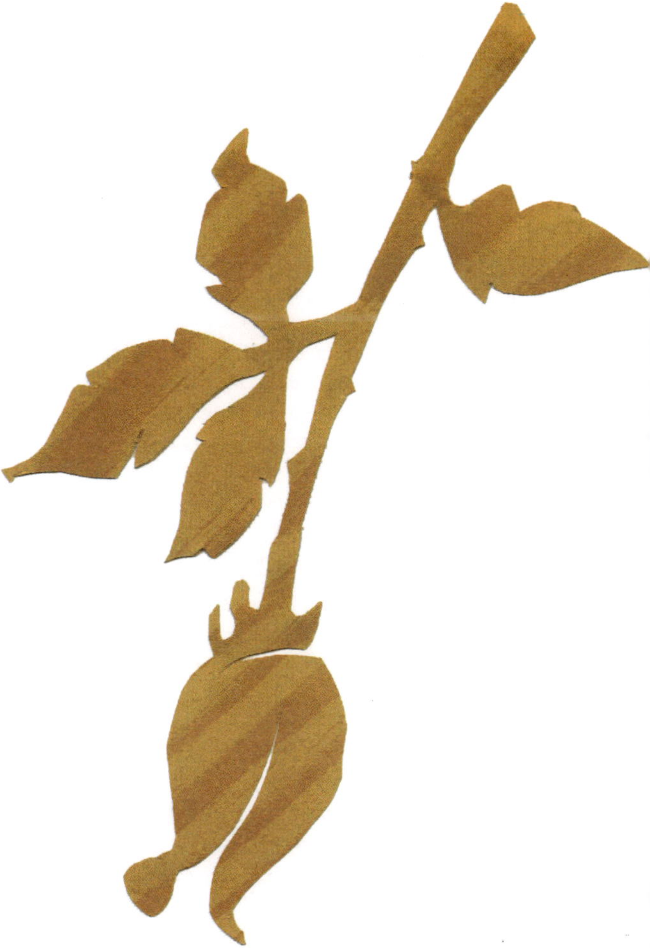

Dia 3

Palavras para estabelecer nova rotina

Sofrer é um hábito, e tudo aquilo que aprendemos pode ser esquecido e reaprendido.

São padrões. E sempre que nos depararmos com um padrão que queremos mudar, podemos usar a raiva positivamente, dizendo ao padrão negativo que saia de nossa vida, impondo limites a ele.

Tome para si o poder, não subestime seus pequenos ganhos. Um a um eles irão se somar. Uma longa jornada começa sempre com o primeiro passo.

Toda vez que for incorrer em coisas que fazem e atraem maus sentimentos, recue. Criamos uma atmosfera acolhedora e amorosa ao nosso redor conforme abandonamos hábitos destrutivos.

Fale bem dos outros.

Sorria! O cérebro não reconhece a diferença entre um sorriso verdadeiro e outro provocado. Criar o hábito de sorrir vale a pena. O sorriso é a janela da alma. Insista.

Aceite presentes.

Evite o sarcasmo. Evite lugares, hábitos e pessoas que colocam você para baixo.

Todo dia é dia e toda hora é hora...

Disciplina, rotina, novos hábitos.

De repente, fazer do jeito antigo não faz mais sentido: mudamos.

O sorriso é a janela da alma. Insista.

Dia 4

Palavras para cultivar o amor

"Amar a Deus sobre todas as coisas e ao próximo como a si mesmo"

Se pensarmos em Deus como a lei que rege o Universo, vamos encontrar muito alívio. Veremos que as coisas não acontecem por acaso, que existe ordem no mundo, e que Deus, sendo pai, é amoroso e não quer ver um filho sofrer.

Vamos nos aceitar e aceitar pessoas e fatos exatamente como são. Vamos perceber o plano maior, além de nossos medos.

Se percebermos esse fato, poderemos nos tratar com gentileza, aceitar nossa humanidade, nossos defeitos e, assim, poderemos rir carinhosamente do padrão da perfeição.

Ao nos tratarmos com gentileza, trataremos os outros com igual gentileza, estabelecendo a conexão do amor. O amor não é uma coisa abstrata que acontece a uns poucos escolhidos.

O amor é uma prática.

Trate você mesmo exatamente como gostaria que os outros o tratassem.

Gentileza atrai gentileza e gentileza cura gente lesa!

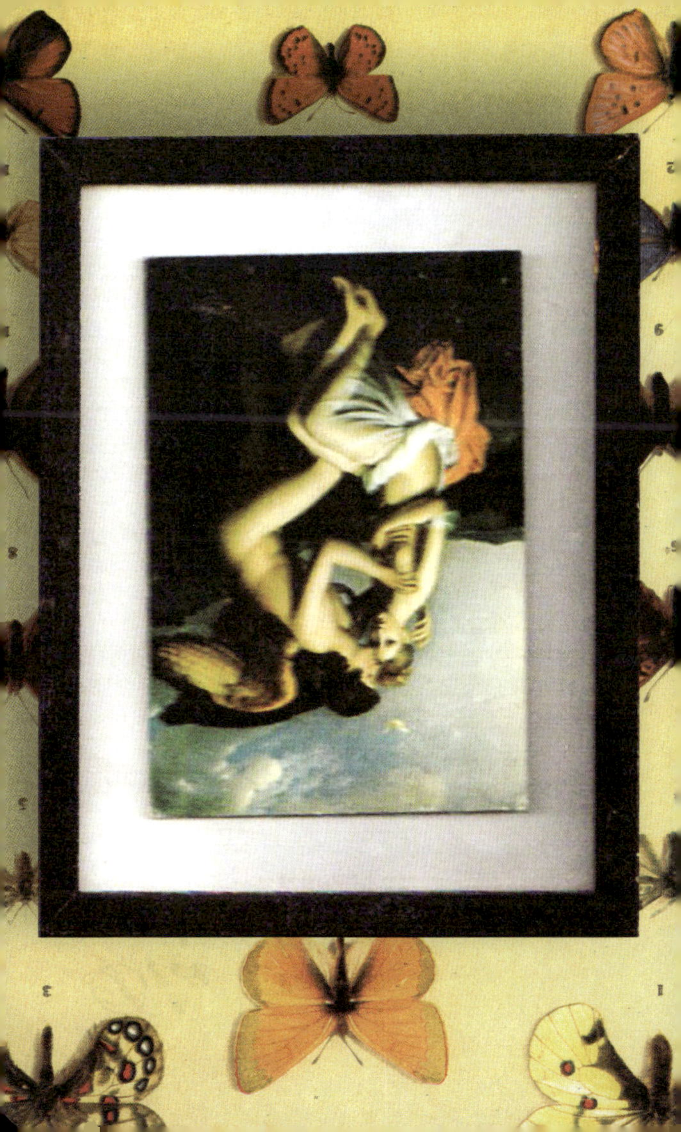

Dia 5

Palavras para cultivar a entrega

O controle é uma ilusão.

Toda a força do Universo está ao nosso alcance.
Podemos TUDO com relação a nós mesmos, somos os únicos
responsáveis pelo nosso sucesso. Ninguém tem o poder de nos
desviar desse propósito, mas somos completamente impotentes
diante daquilo que está fora de nós.
Não podemos mudar o mundo, não podemos mudar as pessoas.
Atrelar nossa felicidade a mudanças externas é assinar um pacto
de frustração, assim como traçar um roteiro mental de ação e
reação esperando que, diante de determinada mudança pessoal,
louros da glória sejam colocados sobre nossa cabeça
e que anjos se materializem.
Tudo o que podemos fazer é a nossa parte, de maneira integral,
honesta, responsável e amorosa. E não esperar por resultados.
Praticar a entrega. Mas a entrega só é verdadeira se você fez tudo
o que estava ao seu alcance.
Não existe preço para deitar a cabeça no travesseiro com a
consciência tranquila e a sensação de dever cumprido.
A partir daí só podemos dizer: "Fiz a minha parte. Universo,
faça a sua". Isto é meu, isso é seu, aquilo é do outro.

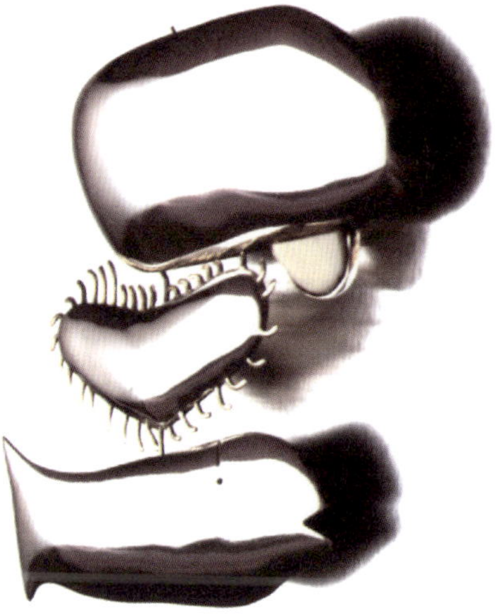

Tranquilos.
Isto se chama paz de espírito:
um hábito.

Dia 6

Palavras para praticar a boa convivência

As pessoas são como são.

E elas podem se modificar, se elas assim o desejarem.
Toda e qualquer decepção se segue a uma expectativa exagerada.
Esperar e ansiar faz parte da vida, nos move, mas quando
esperamos demais dos outros e de nós mesmos incorremos em
angústia e ansiedade.
Tudo é manifestação de uma só vida, e os outros também
têm seus processos.
Ninguém tira leite de pedra. Às vezes, as pessoas simplesmente não
podem dar aquilo que esperamos. Chamo isso de "complexo de
musa", a ideia de que podemos inspirar toda e qualquer criatura,
de que nós vamos promover sua modificação, de que nós somos os
responsáveis pela mudança do outro, de que nosso amor tudo pode.
Viva e deixe viver.
Nós não somos referência para os outros, assim como os outros não
levam suas vidas tendo a nós como ponto cardeal. As pessoas
não fazem coisas para nós ou apesar de nós. Isso é muito infantil,
egocêntrico. Até engraçado!
Podemos compartilhar nossas conquistas e aquisições, mas só.
O outro, assim como nós, tem livre-arbítrio para fazer o
que quiser com sua vida.
Somos seres humanos procurando melhorar.

O aprimoramento pessoal é infinito e tem a eternidade para se concretizar. Cada um tem o seu limite. E reconhecer a humanidade do outro é reconhecer a nossa. Aceitar a imperfeição. Aceitação é a solução. É muito chato ser o dono da verdade e querer ter sempre razão.

Ser feliz é muito mais importante.

Dia 7

Palavras para reconhecer qualidades positivas

É simples assim: você gosta quando é criticado, ridicularizado, diminuído?

Pois é exatamente isso que você faz quando se dirige a alguém, querendo julgá-lo. Ninguém gosta de ser criticado e ter seus defeitos expostos. Quando apontamos um dedo na direção do defeito alheio, temos mais quatro apontados para nós!

E só enxergamos no outro aquilo que identificamos em nós. Só quem reconhece qualidades dentro de si pode reconhecer as mesmas qualidades fora de si. É ilusório e inconsequente achar que podemos elevar a nossa autoestima ao diminuirmos o outro.

Elogie, agradeça. Crie esse hábito.

Hoje você elogiará uma pessoa, amanhã duas... Aí você vai elogiar você mesmo. Vai se dar parabéns.

Devemos abandonar a crença errônea de que não reconhecer e até desmerecer nossas qualidades é sinal de humildade. Humildade é aceitar que somos exatamente como somos, agentes da criação, que queremos um mundo feliz!

Assim, se apesar de nossa vaidade insistir no descontentamento — dizendo que nunca nada está bom — reconhecermos que estamos empenhados em nos aprimorar e que estamos fazendo bom uso dos talentos que nos foram oferecidos, da melhor maneira possível, humanamente e não perfeitamente, vamos ficar satisfeitos.

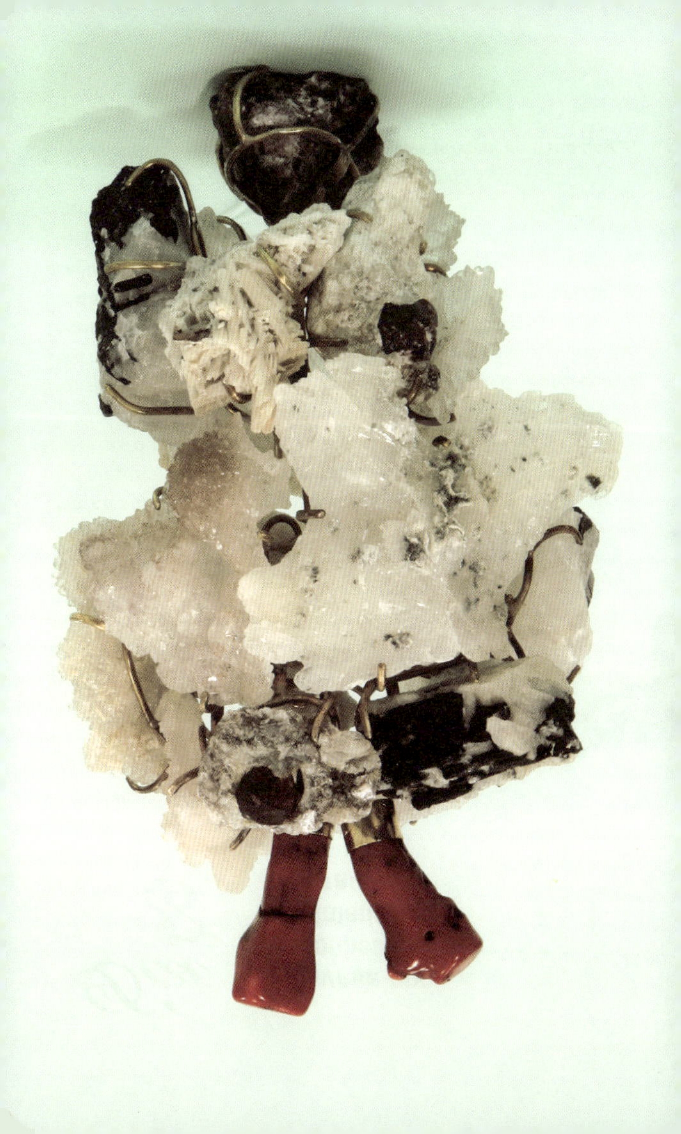

Dia 8

Palavras para fortalecer a coragem

Venham até a borda, ele disse.
Eles disseram: "Nós temos medo"
Venham até a borda, ele insistiu.
Eles foram. Ele os empurrou...
E eles voaram.

Guillaume Apollinaire

O medo é péssimo conselheiro. Ele nos aprisiona e nos imobiliza e
ainda incorremos no perigo supremo que é construir o destino de
terror que o medo inspira.
O único antídoto para o medo é a fé. Acreditar em nós, mas,
principalmente, em nós amparados por toda a força do Universo.
Observe um pássaro e suas elaboradas acrobacias aéreas. Lembre-se
de que a mesma lei que sustenta esse movimento sustenta o nosso.
É maravilhoso soltar-se no fluxo da vida, feliz e sereno, na certeza
absoluta de que nada de mal poderá acontecer.
Eventuais obstáculos aparecem para corrigirmos a rota,
repensarmos o destino e seguir.

Vá devagar, mas vá! Solte-se e crie asas.

As oportunidades de superação estão também em pequenas atitudes cotidianas como mudar de casa, de emprego, abrir mão de um serviço que não nos convem.

"Herói, portanto, é o homem ou a mulher capaz de lutar e vencer suas limitações pessoais e históricas do dia a dia"

Joseph Campbell

Palavras para fortalecer a certeza interna

O Universo não pode entregar aquilo que não sabemos pedir ou não temos certeza de merecer.

Conta a história que a primeira providência que Júlio César tomou ao chegar com suas tropas e concretizar a invasão da Inglaterra foi mandar queimar todos os barcos que pudessem levá-los de volta ao ponto de partida.

Se você não sabe o que fazer, não faça nada. Pergunte, ouça, pondere, pesquise e depois silencie e tome a decisão!

Pare de ouvir os outros, elaborar plano B, rever.

Queime os barcos.

O que tiver de acontecer irá acontecer.

Lembre-se de que *"tudo dá sempre certo"*, o problema é que às vezes o certo não é o que esperávamos. Paciência. Uma porta se fecha, e outra se abre simultaneamente.

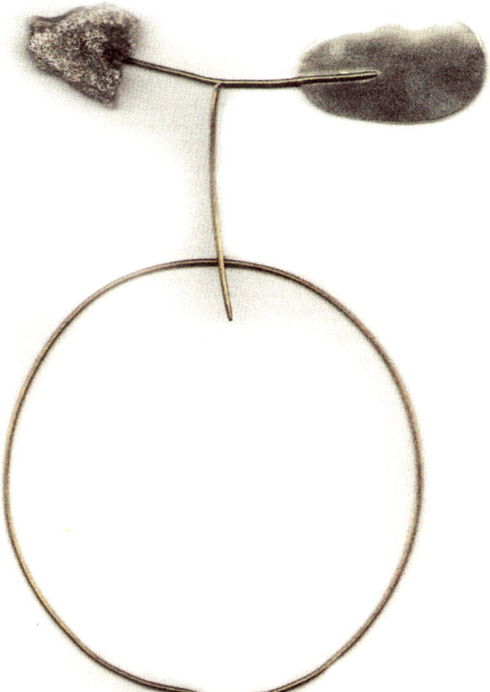

Dia 10

Palavras para apreciar a espera

Quem já cuidou de algum jardim sabe que é preciso limpar a terra, adubá-la, plantar, cuidar e colher.

Tenho um pessegueiro num vaso. Ele dá frutos anuais, religiosamente depois que surgem as lindas flores cor-de-rosa que cobrem a maior parte da árvore. Esse processo dura uns sessenta dias. No resto do ano, ele perde as folhas, fica pelado, bem feinho... Eu não posso simplesmente ir lá e cortar o pé todo porque durante esse tempo ele não está morto, está se preparando. Tenho que continuar regando, aparando, tirando as ervas daninhas. Se dá certo com planta, tem que dar certo com projetos que plantamos.

Tem que haver tempo para tudo.

Saber esperar é desenvolver a paciência, e a paciência é a mãe das virtudes. Esperar, portanto, não é sinônimo de não estar fazendo nada. É estar praticando serenidade.

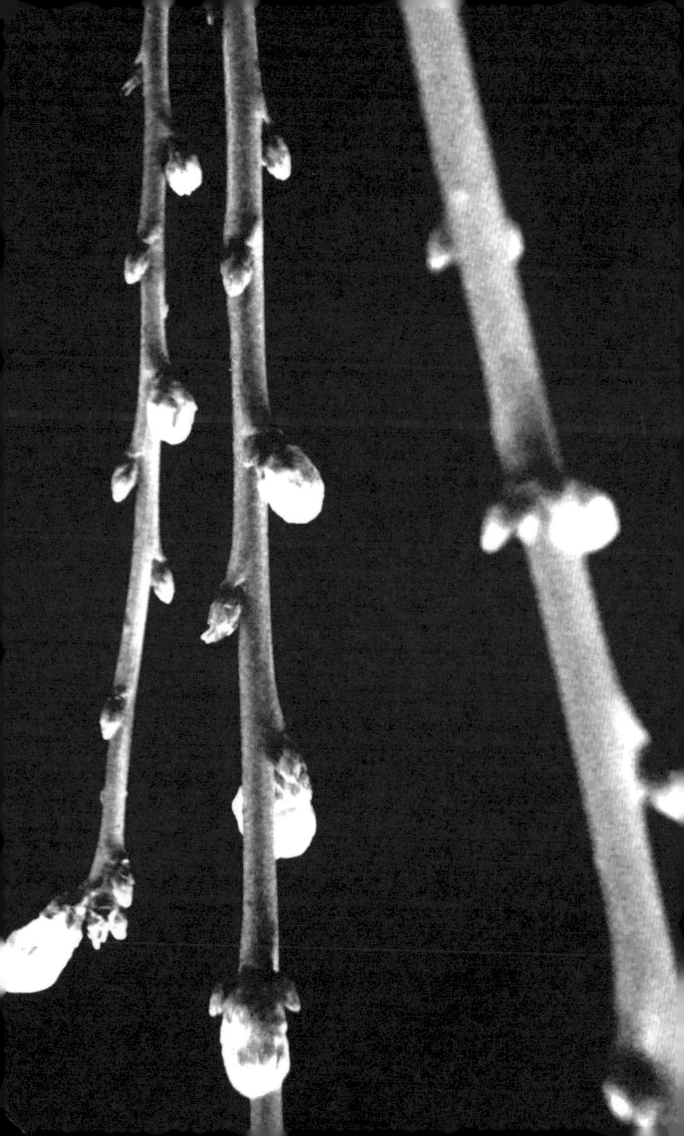

Dia 11

Palavras para praticar o discernimento

"Concedei-me, Senhor, a serenidade necessária para aceitar as coisas que eu não posso modificar, coragem para modificar aquelas que posso. E sabedoria para distinguir umas das outras."

Só por hoje vamos olhar a vida com realismo honesto.

Onde podemos melhorar?

O que podemos fazer?

Qual é a nossa parte, qual é a parte do outro?

Mas lembre-se de que amanhã vai ser hoje também. Mais um dia para se aprimorar.

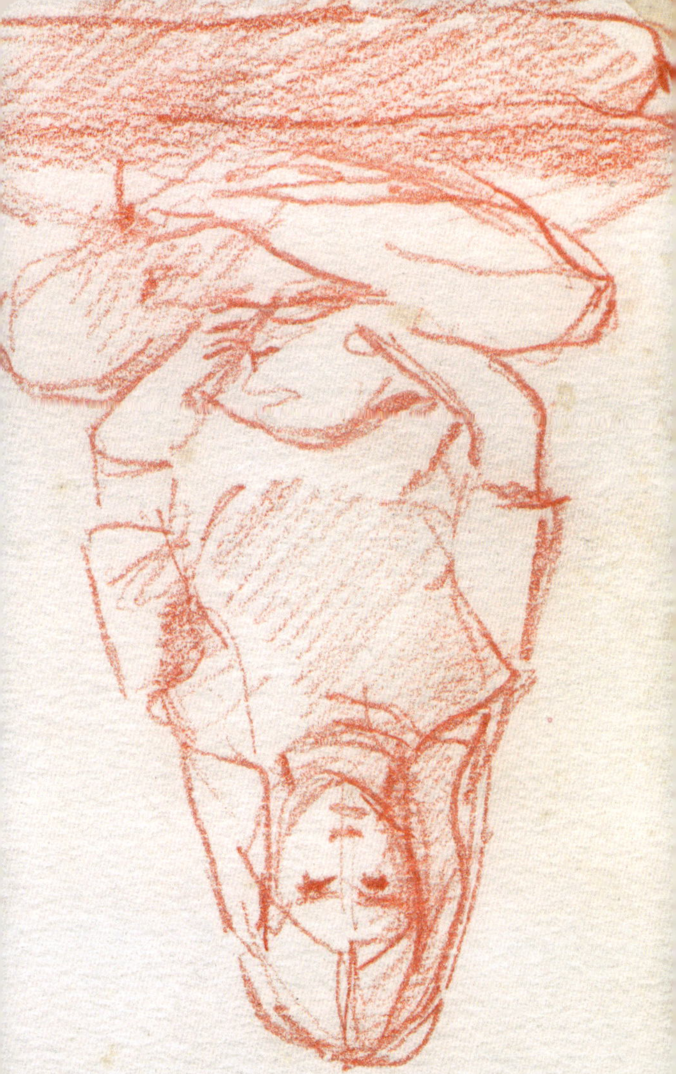

Dia 12

Palavras para se libertar de padrões

Existem muitas dúvidas quanto ao alcance da herança genética.

Em termos de comportamento, não sabemos ao certo quanto exatamente aprendemos e quanto já está programado em nosso código de DNA.

Temos uma tendência séria de repetir crenças, pensamentos e atitudes que fazem parte do nosso universo familiar e social e que não necessariamente são bons. E como se isso fosse o natural, o esperado, o destino. Isso é um padrão. É uma entidade, tem vida própria, e quem já tentou liberar-se sabe que tem um longo caminho pela frente. Talvez a parte mais difícil seja dar o primeiro passo, que consiste em, humildemente, reconhecer que a nossa maneira de ser e fazer talvez não seja a melhor.

Humildade, reconhecer um erro, é uma grande tarefa. Não é simples dar esse passo, pois saímos da negação — tão confortável — e nos tornamos responsáveis: vamos ter que fazer alguma coisa... diferente! E o desconhecido dá medo.

Muitas vezes, seguimos pela vida repetindo padrões que sabemos que não dão certo apenas porque é seguro. É um sofrimento conhecido: sabemos lidar com ele, dividimos o problema com os outros. Estes, por sua vez, ficam com pena e alimentando a nossa autopiedade e comiseração. Fica tudo como está. Todo mundo infeliz junto, morrendo de medo e preguiça.

Quando uma peça da engrenagem muda o funcionamento, o resto vai ter que se adaptar. Ou a máquina para.

Libertar-se vale a pena. É um processo para a vida inteira.

Dizem que todo processo de mudança tem cinco fases: Negação, Raiva, Barganha, Luto, Aceitação. Depois disso tudo, vem o vazio. Aí, temos que preencher o vazio com o novo e depois fazer a manutenção do novo! Não vai ser assim, da noite para o dia, que abandonaremos coisas que acompanham uma família ou grupo social há gerações. Seja paciente e perseverante.

Dia 13

Palavras para a autoconfirmação

"Eu esperava mais de você": uma frase que deveria ser banida da face da Terra.

Quanta crueldade existe por trás dessa afirmação. Implica ilusão, expectativa, julgamento e frustração.

Como não podemos nunca adivinhar ou mesmo satisfazer plenamente a expectativa dos outros, devemos tomar todo o cuidado com as nossas, ser bem coerentes com nossos talentos e vontades, estabelecendo nosso próprio parâmetro!

Não interessa o que seus pais, seus professores, a Igreja, todo mundo esperava. Todos temos limites. Ninguém a não ser nós mesmos podemos dizer se o que fizemos foi ou não bom.

Não espere reconhecimento externo. Reconheça as suas próprias conquistas.

É um treino afirmar-se e depois confirmar-se, ficar feliz com o que se é, com o que você se tornou.

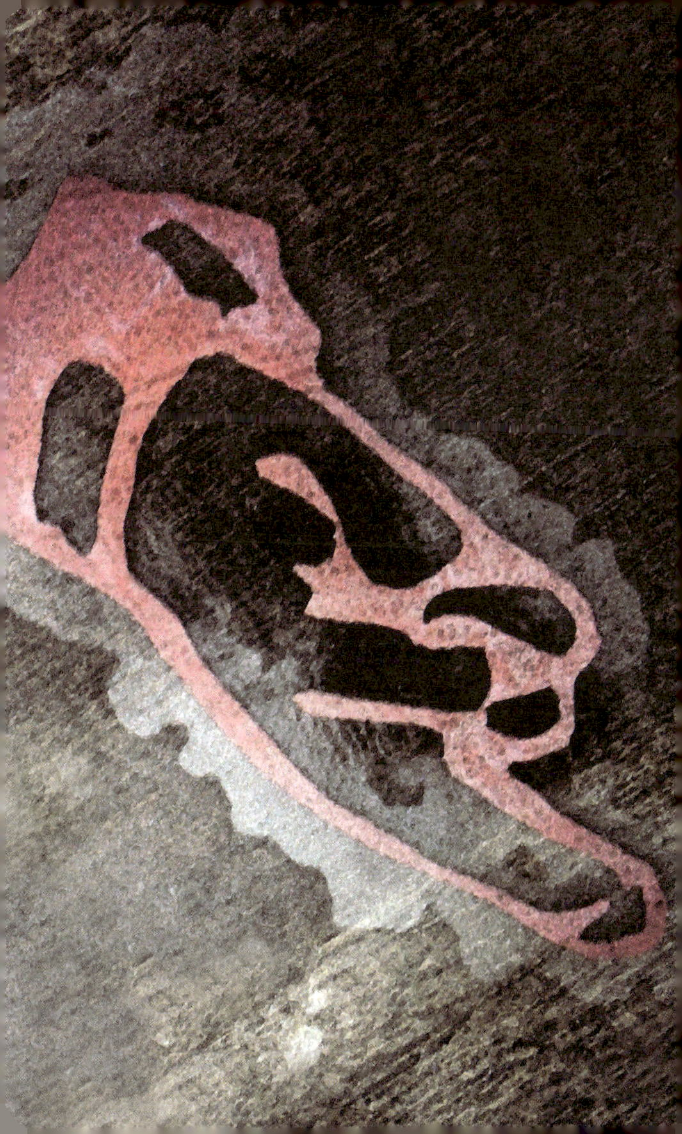

Dia 14

Palavras para valorizar a própria história

Todos nós temos momentos de satisfação na nossa trajetória.

Momentos aos quais podemos recorrer, que nos lembrem coisas boas, como um lugar de acolhimento e nutrição.

Uma imagem sempre vale por mil palavras.

Cole aqui ao lado uma foto de algum momento importante da sua vida.

Dia 15

Palavras para perceber o crescimento

Hoje você fez diferente?
Onde poderia ser melhor?
Você cumpriu o que se propôs?

Então agora é hora de deixar o chicote de lado.
Desde muito pequena, sinto uma pressão imensa sobre mim, vinda
da família, da escola: "Seja mais, faça mais! Isso não é suficiente".
Sofri muito por causa disso. Então o que é que eu faço ao final
de um dia intenso cuidando de mim, das minhas filhas, do meu
trabalho, dos meus funcionários, dos meus amigos?
Acabo caindo neste pensamento:
"Não está bom, tem que fazer mais".
É um mecanismo extremamente sutil esse do padrão.
Não adianta reconhecer que "isso é coisa da minha família",
porque, afinal, você é a sua família também.
Uma vez fiz uma meditação linda numa aula de ioga que consiste em
visualizar nossa criança interior saudável e feliz e em seguida aninhá-la
em nosso colo. É muito bonito acolher-se a si mesmo; em seguida,
imagine você e sua criança envolvidos por uma cúpula protetora com
fluidos de amor e sinta-se totalmente uno com o Universo.

*Depois, siga em frente,
melhorando a cada dia.*

Dia 16

Palavras para celebrar as conquistas

De maneira bem honesta, sem se valer de autoindulgência, hoje é dia de comemorar vitórias. Fazer coisas que lhe são caras, que lhe agradam.

Pode ser qualquer coisa, desde que não traga nenhuma consequência ruim, como, por exemplo, contrair dívidas!

Diga não para um programa chato.
Durma até mais tarde, mude o cabelo, vá ao cinema.
Compre um mimo, ligue para alguém com quem há tempos você quer falar.
Encha a casa de flores. Tome uma sauna.
Vá ver uma exposição, conhecer um parque, andar de bicicleta.
Cozinhe! Faça um bolo de cenoura com calda de chocolate ou panquecas — doce, salgada, com recheio light *ou* gourmet, *você escolhe!*
Nas páginas seguintes, duas receitas que eu adoro e que qualquer um pode fazer.

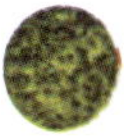

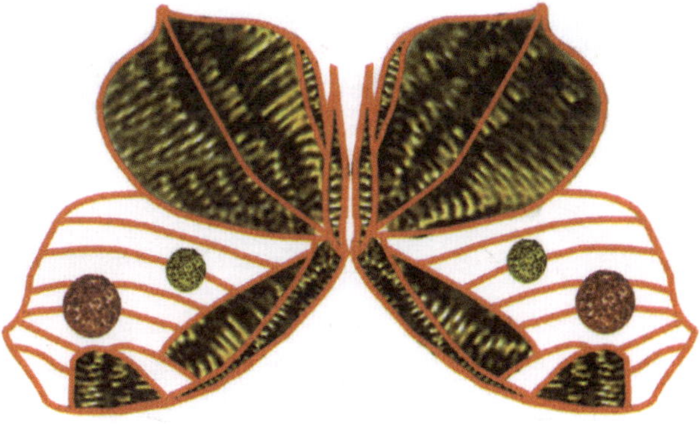

Bolo de Cenoura

Ingredientes
2 xícaras de cenouras picadas
4 ovos
1 copo de óleo
4 xícaras de farinha de trigo
4 xícaras de açúcar
1 pitada de sal
1 colher de sopa de fermento em pó

Modo de preparo
Bata no liquidificador o óleo, os ovos e a cenoura. Transfira para uma tijela, junte peneirando a farinha, o açúcar, o sal e por último o fermento. Misture levemente.
Ponha para assar em forma untada e enfarinhada em fogo médio por mais ou menos 40 minutos.

Para a calda
3 colheres de sopa de sopa bem cheias de chocolate em pó
2 colheres de sopa de manteiga ou margarina
Meio copo de leite
Leve ao fogo a manteiga, o chocolate e o leite, misturando até obter um creme. Despeje sobre o bolo ainda enformado e quente. Corte quadrados e tire depois de resfriados.

Panqueca

Ingredientes
1 copo de leite
3 ovos
3 colheres de sopa bem cheias de farinha de trigo

Modo de preparo
Bata tudo no liquidificador e frite uma concha por vez em frigideira
antiaderente. Lembrando de fritar ambos os lados.

Recheio doce
Cozinhe uma lata de leite condensado em panela de pressão
por 20 minutos. Abra depois de bem fria.

Recheio salgado
Queijo prato ralado no ralo grosso, tomate picadinho e
folhinhas de manjericão.

Dia 17

Palavras para neutralizar o poder dos outros sobre nós

No decorrer desse dia, você vai se deparar com muitas pessoas, algumas de fácil trato, outras nem tanto.

Seja qual for a situação, acredite na bondade essencial das pessoas com quem você lida no cotidiano. Elas podem ser horrorosas, malcriadas, mal-humoradas e ter comportamentos péssimos, mas intrinsecamente são seres humanos. Como todo mundo!

Se alguém se porta de maneira desagradável, é problema dele, mas se você se machuca com isso, o problema vira automaticamente seu. Você pode revidar para dar um limite, mas depois esqueça. O melhor é sempre sorrir, mesmo que seja com a mente.

O perdão é sempre a melhor solução. Perdoar é libertador porque você devolve a grosseria, não pega para você. E perdoar não significa se fazer de capacho e deixar o outro pisar em você. Significa ter compaixão, se colocar no lugar do outro e ver que essa é uma limitação dele, que a pessoa é assim e não que está fazendo algo contra você ou para você. Não é pessoal.

Minha mãe sempre me disse que má-criação é feio para quem faz, não para quem recebe. E é verdade. É muito feio ser grosseiro, e ser grosseiro de volta é reforçar a feiura.

Pensemos em outras coisas que fazemos contra nós:

1 – Ficamos com raiva. E a melhor definição de raiva que conheço é "veneno que se toma para o outro morrer"!

2 – Ficamos ressentidos. Engolimos a raiva e recorremos a ela constantemente, sentindo-a novamente de maneira cada vez maior.

3 – Guardamos mágoa. Vamos pensar no som da palavra: ela se parece com "má água, água parada", que tomamos aos poucos, poluindo nossa alegria de viver, ao mesmo tempo em que vestimos a capa imobilizante da autopiedade. E se você buscar o significado etimológico, vai ver que "mágoa" vem do latim e significa mancha. Pense bem: será que você quer ter uma nódoa em sua alma?

Lembre-se sempre de que você não pode mudar o outro, mas pode mudar sua atitude com relação ao outro. Liberte-se.

Dia 18

Palavras para uma boa comunicação

O maior comunicador que já pisou a face da Terra falava muito pouco, sempre de maneira enigmática, nunca dizia sim ou não e sempre fazia o interlocutor chegar às próprias conclusões.

Jesus Cristo deixou um legado eterno porque falava de maneira simples o que é óbvio.

Na maioria das vezes duas pessoas que falam não estão conversando, estão apenas fazendo barulho, ou brigando.

Ou sendo ventríloquos de padrões, repetindo formas mentais intelectualizadas, emocionais, palavras sem essência... Falam quase de maneira compulsiva.

Contemporaneamente, já sabemos que a comunicação se dá de inúmeras formas que não apenas a verbal. Existe a comunicação corporal, a sentimental e também a transcendental — aquelas faculdades ou sentidos que ainda não dominamos, como a intuição, a clarividência e a telepatia, todas faculdades mentais.

Sempre ouço dizer que usamos 8% da capacidade do cérebro e tenho dificuldade em acreditar que os 92% restantes sejam para continuar a armazenar dados lógicos e as funções normais que já fazem parte do nosso repertório atual. Outras funções estão prontas para aflorar, mas precisamos silenciar um pouco a mente, mantê-la

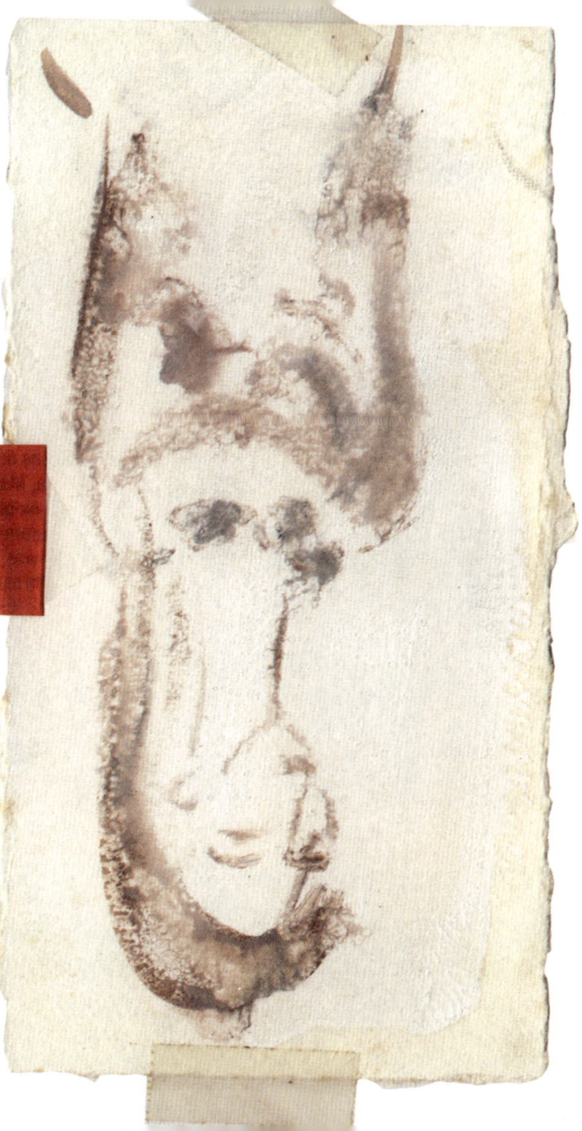

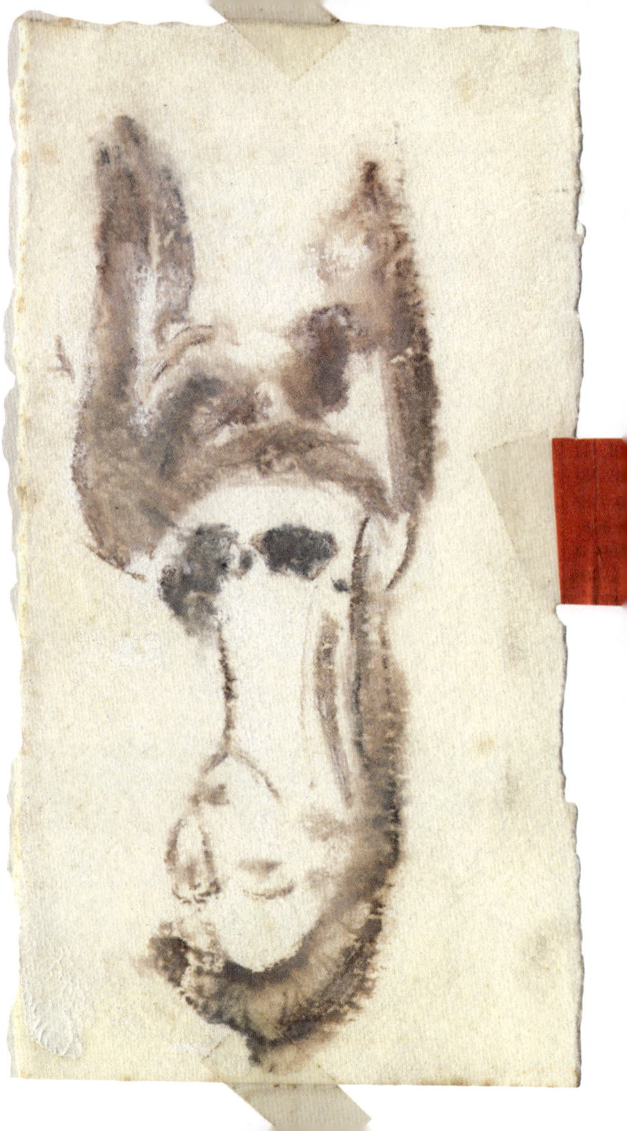

aberta para o novo pensar e também pensar o novo. Imagine o passo que vai ser para a comunicação humana o dia em que estivermos usando a telepatia e a intuição.

Acho muito lindo um processo de comunicação coerente e verdadeiro. Elaborar mentalmente e depois compartilhar. É assim que se trocam experiências, para tocar as pessoas. Aí a conversa deixa de ser da boca pra fora. Se você tem algo importante para falar, pense sempre: "Afinal, o que estou querendo dizer? Será que estou dizendo uma coisa e meu corpo outra? Por acaso, essa frase faz sentido para mim? Será que o que estou falando é comprovado pelas minhas ações?".

E como a voz do povo é a voz de Deus, vale sempre o ditado: "As palavras são de prata, o silêncio é de ouro".

E o meu pessoal:

"Quanto mais palavras, maior a possibilidade de falar besteiras".

Portanto, não faça das suas palavras uma arma. A vítima pode ser você.

Dia 19

Palavra para utilizar o tempo como aliado

O tempo, com certeza, foi incluído na categoria de artigo de luxo. Bem dos mais preciosos, vive faltando a pessoas que dizem "não ter tempo pra nada".

Mas, então, por que é que diante de coisa tão rara, muitos reagem com desdém e literalmente "matam" o tempo?

Sempre ouvi dizer que se queremos que determinada tarefa fique pronta rápido, devemos dá-la a uma pessoa bem ocupada.

O corpo e a mente não gostam de pasmaceira, gostam de estímulo para se desenvolver. De estímulo e de tranquilidade. Não dá para fazer mil coisas de uma vez, mas dá para fazer mil coisas, uma de cada vez, desde que não estejamos matando tempo e matando um monte de outras coisas:

Fazendo fofoca — matando a dignidade alheia, praticando a maledicência e a inveja.

Lamuriando-se — matando a alegria de viver, a realização pessoal e a concretização de ideias.

Falando, falando, falando — matando a ação.

Alimentando relacionamentos destrutivos — matando o inevitável encontro consigo mesmo.

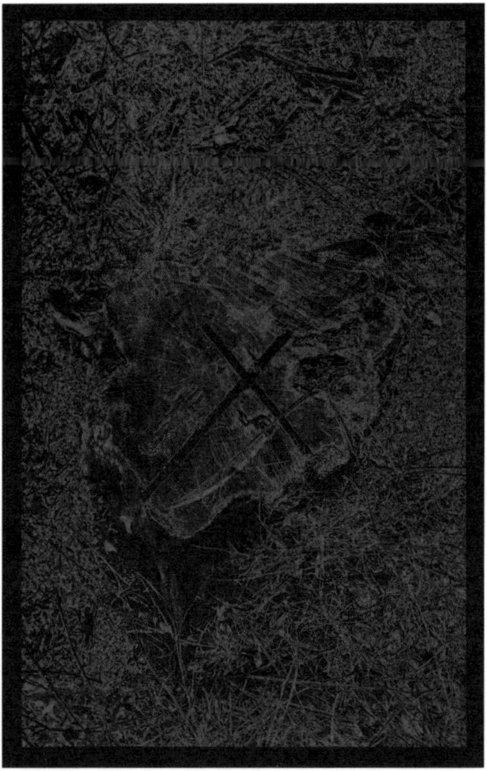

*Usando drogas e vivendo um tempo ilusório — matando as
infinitas possibilidades reais.
Vivendo no passado — matando as chances de
realização no presente.
Vivendo no futuro — matando a responsabilidade pelo seu presente.
Justificando-se o tempo todo — matando os outros de tédio.
(Sabe aquelas pessoas que têm sempre uma explicação para
tudo, jogam a culpa nos outros, no mundo, na sociedade, no
destino e nunca fazem nada?)*

*Manter a mente inteiramente ocupada também é perder tempo.
Uma das coisas que as pessoas mais querem é ter paz. Para isso,
muitos meditam, fazem terapia, entram em religiões.
Muitas pessoas acham que meditar é ter uma vida de silêncio,
sacerdócio e contemplação, de preferência num mosteiro no
Himalaia. Mas isso é para poucos. A nós, normais, cabe viver da
melhor maneira o dia a dia.
Dizem que se estivermos inteiros, presentes física e mentalmente
numa situação, isso é meditação, dominando a mente e não sendo
dominados por ela. Quem age assim tem discernimento e torna-se
senhor do seu tempo.*

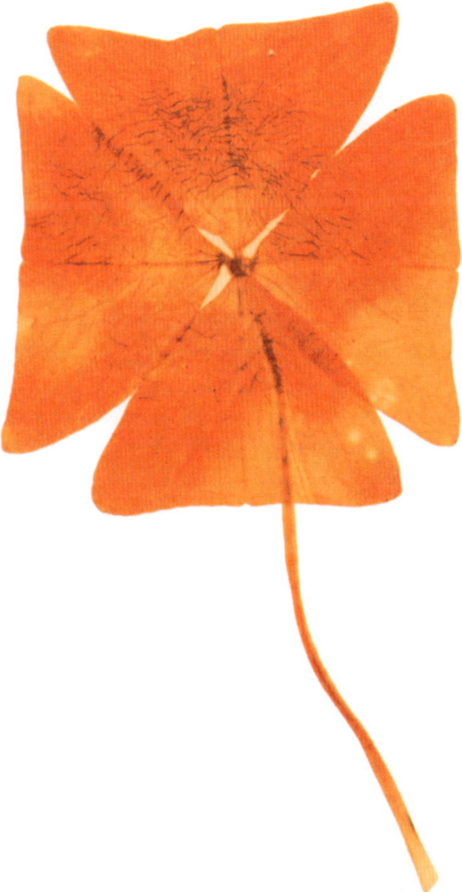

Dia 20
Palavras para perseverar nos propósitos

"Dê sempre o melhor e o melhor virá"

Madre Teresa de Calcutá

Às vezes, as pessoas são egocêntricas,
ilógicas e insensatas...
Perdoe-as assim mesmo.
Se você é gentil, as pessoas podem acusá-lo
de ser egoísta e interesseiro...
Seja gentil assim mesmo.
Se você é um vencedor, terá alguns falsos
amigos e alguns inimigos verdadeiros...
Vença assim mesmo.
Se você é honesto e franco, as pessoas
podem enganá-lo...
Seja assim mesmo.
O que você levou anos para construir,
alguém pode destruir de uma hora
para outra...
Construa assim mesmo.
Se você tem paz e é feliz, as pessoas
podem sentir inveja...
Seja feliz assim mesmo.

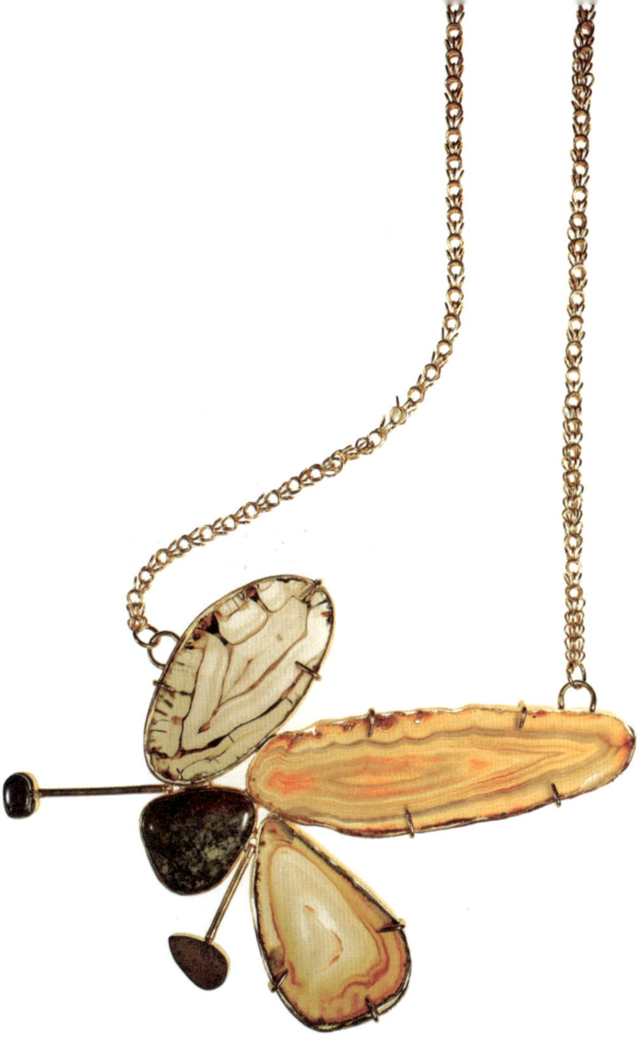

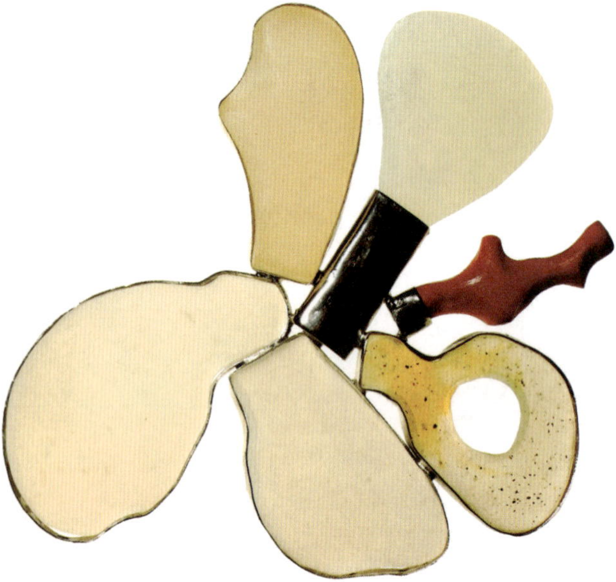

O bem que você faz hoje pode ser esquecido amanhã...
Faça o bem assim mesmo.
Dê ao mundo o melhor de você, mas isso pode nunca ser o bastante...
Dê o melhor de você assim mesmo.
E veja que, no final das contas, tudo ocorre entre você e Deus. Nunca entre você e todas essas pessoas.

Maravilhosa Madre Teresa, tão divinamente humana...
Um dia fui tirar uma cópia de um documento, vi um quadrinho com essa mensagem na parede da copiadora, pedi uma cópia reduzida e desde então ando com ela na carteira, como um amuleto. Quando estamos fortemente imbuídos do firme propósito de melhorar, não existe negatividade que possa nos demover disso.

Siga em frente.

Dia 21 — Palavras para discernir sobre com o que seguir

Pense, medite, escolha...

Pondere sobre do que abrir mão: do que lhe faz mal, do que não lhe diz mais respeito, do que não lhe serve mais, do que faz bem só para você e mal para os outros.

Por outro lado, se alguma coisa faz muito bem para você, para que abrir mão dela? Abra mão das coisas que não lhe fazem bem.

Se uma pessoa lhe pede para fazer concessões o tempo todo, coisas que vão contra a sua maneira de pensar, o certo não é abrir mão das coisas em que você acredita ou de que gosta, mas abrir mão dessa pessoa.

Não acredite quando falam que você está sendo egoísta porque não quer deixar de lado um direito seu. Isso tem outro nome: abuso. Deixar-se abusar não é ser bom. É compactuar com o mau e fortalecê-lo.

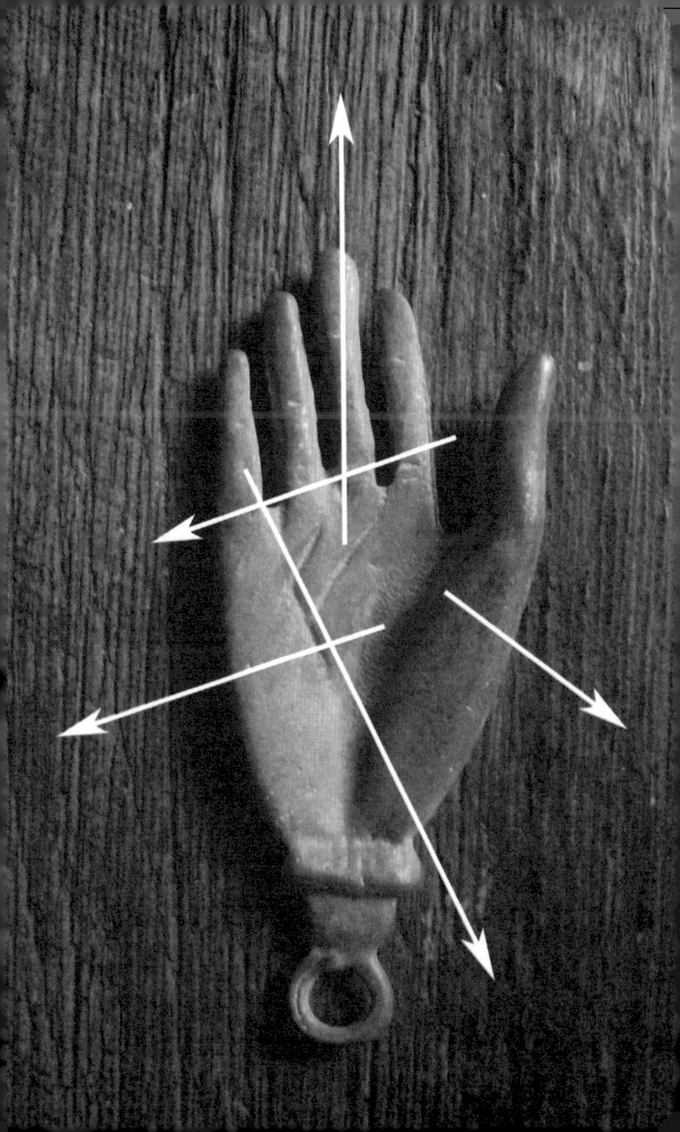

Dia 22 — Palavras para não se levar muito a sério

"Conhece-te a ti mesmo"

Era o primeiro conselho escrito sobre o portal do templo de Delfos, lar do poderoso Oráculo, a quem se dirigiam, cheios de dúvidas, fiéis desejosos de conhecimento.
Ao ler essa frase, entendo o seguinte: tudo que você quer ouvir, você já sabe ou a sua pergunta já contém a resposta.
A segunda frase escrita nesse mesmo portal era
"Nada em excesso".
Se fosse eu o ghost writer do oráculo, colocaria em seguida os meus conselhos favoritos: "Não se deixe abalar por coisas sem importância" e, em seguida, "Nada tem importância".
A Terra já foi uma bola de fogo, depois uma bola de gelo, já teve dinossauro. E continua seu movimento de evolução imenso e insondável. Então, me responda: por que teriam nossos problemas cotidianos tamanha magnitude?
Há jeito para absolutamente tudo nesta vida, que segue gloriosa, apesar dos pesares individuais. Seja aliado da vida, sorria, e ela lhe sorrirá de volta!
Rir é muito importante. Sorrir, mais importante ainda.

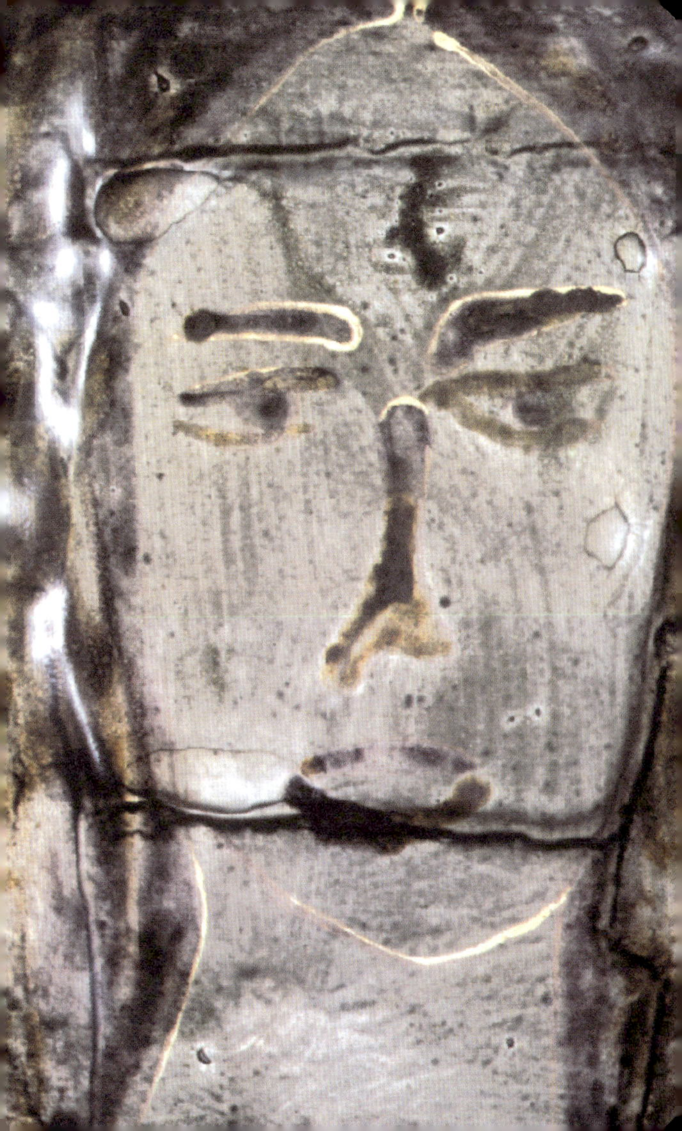

Dia 23 — Palavras para manter bons pensamentos

"Ora e vigia"

Cuidado, muito cuidado com os pensamentos.
Tudo nesta vida é ação e reação. A lei do retorno.

É preciso muita disciplina, mas é possível
modificar um pensamento.
No princípio era o verbo. Pensamento tem forma,
gera uma imagem na mente, depois vira crença e, talvez,
palavra e, então, realização.

Não faça da sua cabeça uma lata de lixo!

Se você entrar num estádio de futebol lotado, vai ter gente
feia, gente bonita, gente doente, gente simpática... escolha
REGISTRAR somente o que for bom.

Mantenha energicamente uma atitude positiva. As coisas vão
melhorar... toda hora, todo minuto, todo segundo.

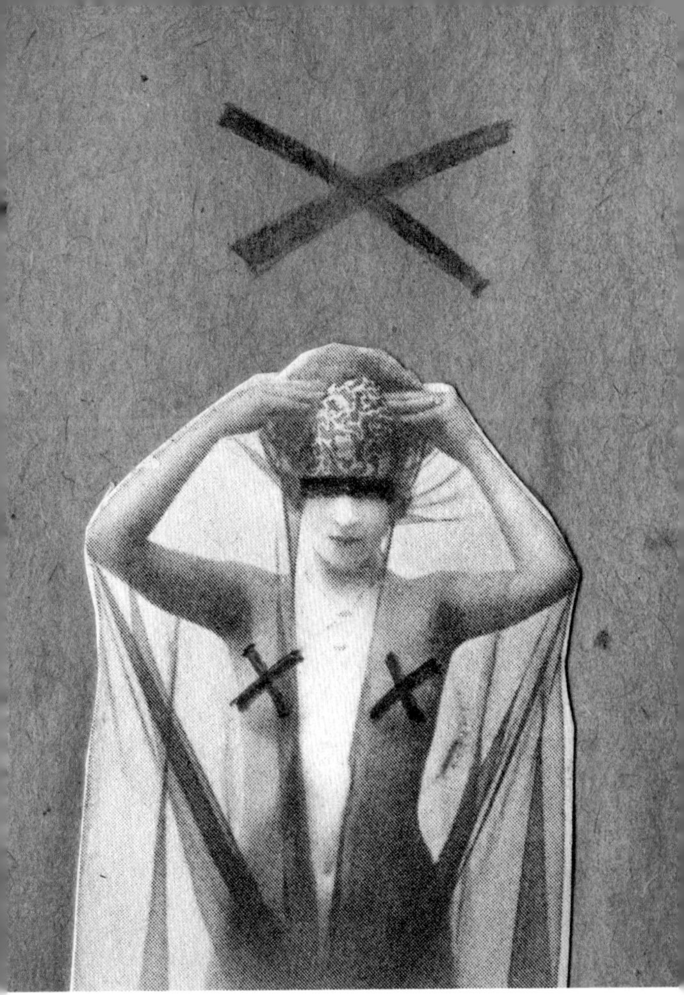

Dia 24
Palavras para treinar a gratidão

"Obrigado, obrigado, obrigado."

Hoje você vai agradecer, o tempo todo, por tudo.
Da boca pra fora, mas também de coração.

Amanheceu?
"Obrigado, mais um dia, obrigado pela vida."
Vai tomar café da manhã?
"Obrigado, natureza, padeiro que fez o pão, fábrica de louça que fez o prato, meu trabalho que me permitiu comprar estas coisas. Obrigado, obrigado."
Alguém foi grosso?
"Obrigado, sou ponderado."
Respondeu a um desaforo de maneira assertiva?
"Obrigado, soube me defender."
Seu colega lhe trouxe um café?
"Que gentil, muito obrigado."
Alguém cozinhou para você:
"Que delícia, muito obrigado."
Infinitas vezes ao dia:
"Obrigado, obrigado, obrigado!"

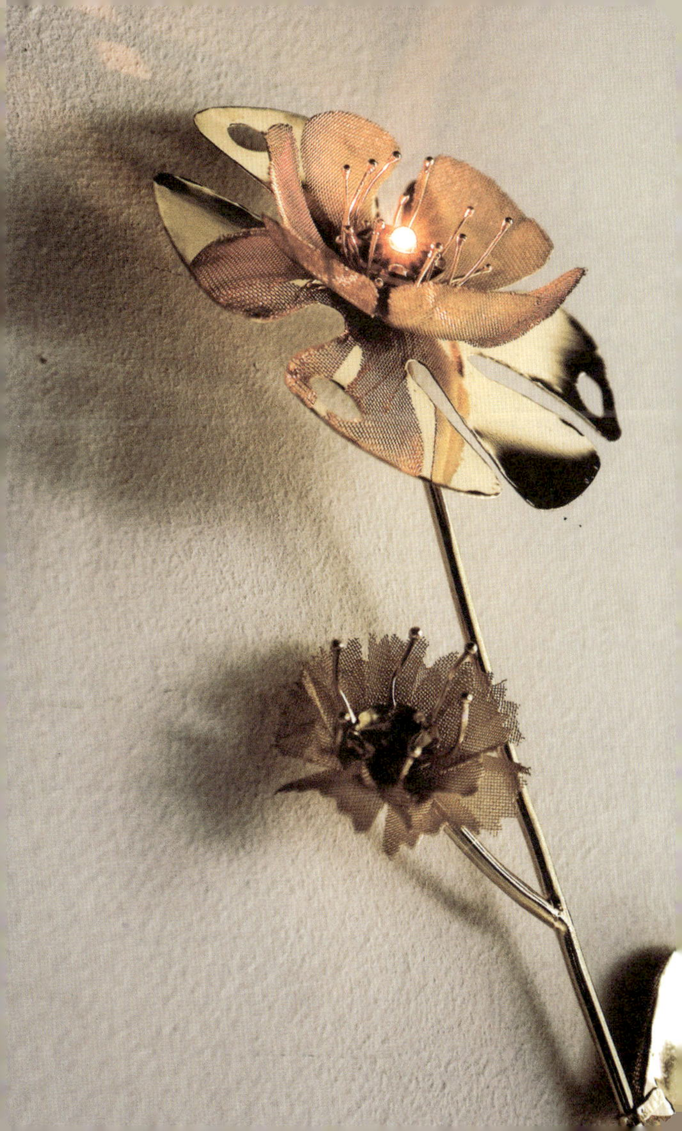

Dia 25
Palavras para valorizar a flexibilidade

Hoje, como todos os dias, vamos desempenhar muitos papéis: filho, pai, patrão, empregado, amigo, amante, conselheiro, provedor. Todas funções importantes, com muitas tarefas.

Essas tarefas são como instrumentos de uma orquestra. Ou, ainda, braços de Shiva, movendo-se independentes ao mesmo tempo. No caso da divindade hindu, o mais importante é a serenidade e a concentração que a figura transmite, apesar do movimento dos vários braços. Ele esta lá, todo plácido, dando um leve sorriso!

Se pensarmos numa orquestra, vamos ver que existe sempre uma alternância entre os instrumentos. Numa hora todos tocam, noutras há solos, noutras um grupo se junta e noutras, ainda, faz-se silêncio.

Não existe som sem silêncio, nem ritmo sem pausa. Assim como uma boa sinfonia não é feita com um único instrumento. Devemos levar em consideração que no exemplo musical o bom funcionamento de uma orquestra depende também de um bom maestro. Nós acumulamos essa função: somos nós mesmos esse maestro! Podemos dizer ao fagote que se

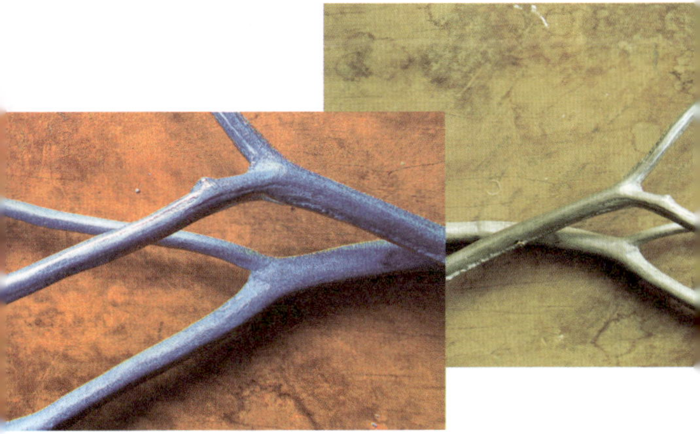

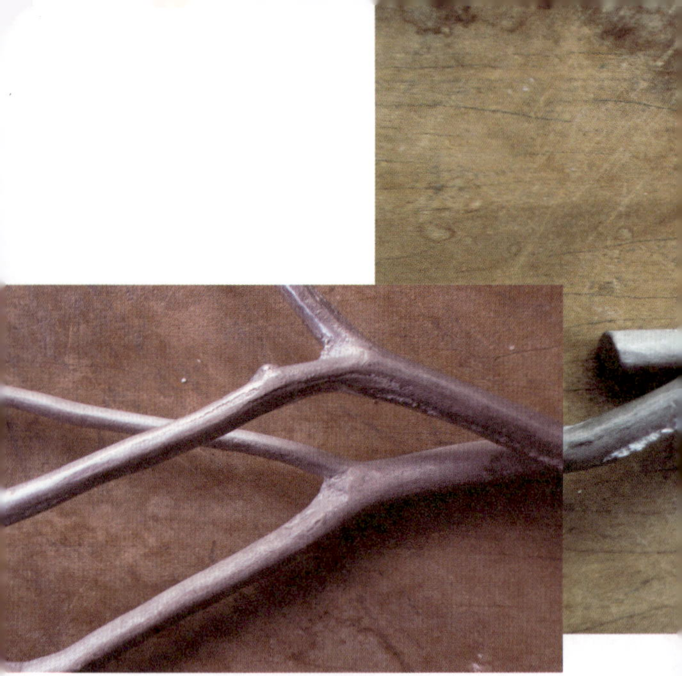

sobressaia, que agora é a vez dos violinos e que agora o
importante é a massa de sons, todos juntos tocando suas linhas
sem predomínio de nenhum instrumento.
Agora, pense num equilibrista de pratos. Ele tem sob seu
controle uma série de pratos em movimento. Eventualmente,
um deles pode cair. Mas isso não pode ser motivo para que os
outros pratos caiam também. Ele tem que manter o equilíbrio e
a concentração de alguma maneira. Vai ter que lidar com esse
imprevisto de forma espontânea. Na hora.

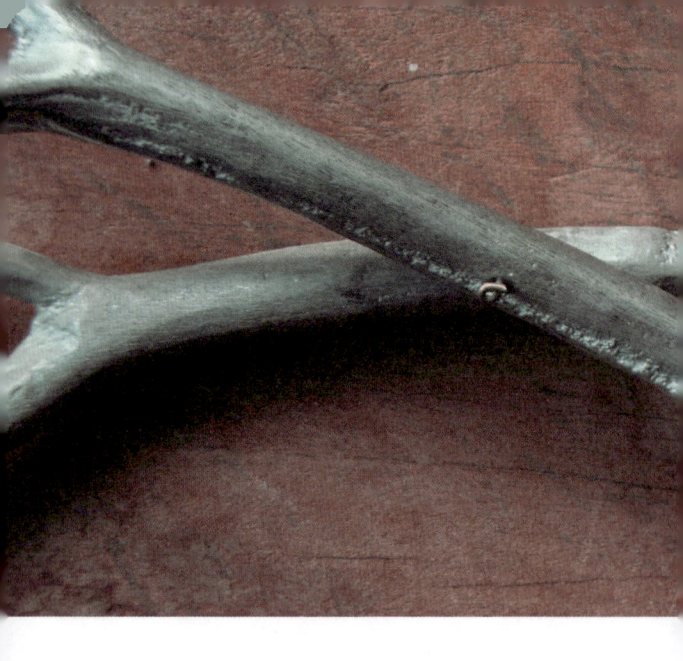

Uma das definições de saúde mental usada na linha do psicodrama de Jacob Levy Moreno é a espontaneidade.
Fica claro que é feliz e saudável o indivíduo que consegue desempenhar de maneira mediana todas as suas funções sociais, adaptando-se ao novo, ao imprevisto com flexibilidade.
Isso traz imenso alívio à alma.
A busca por excelência nos move no aprimoramento pessoal, mas é humanamente impossível ser o melhor em tudo, o tempo todo.
É importante que a média de nossos papéis, o saldo, seja positivo.

Perfeição não dá.

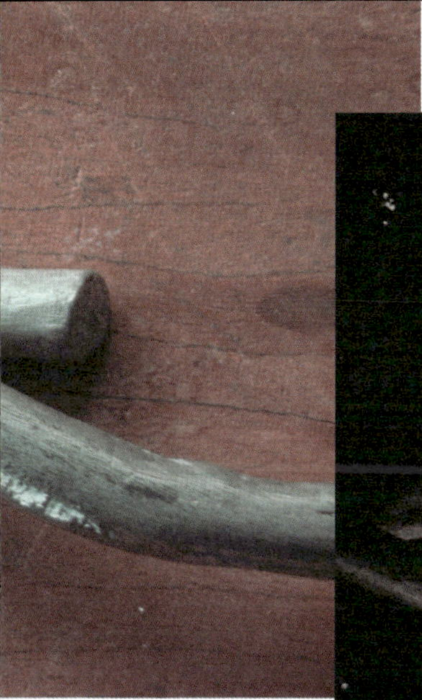

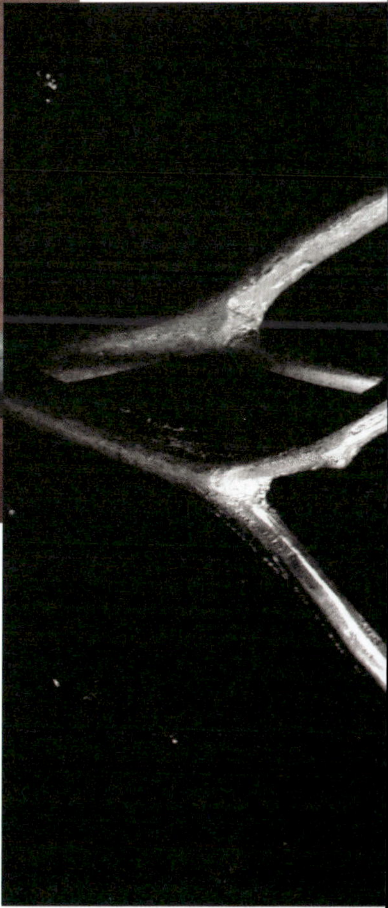

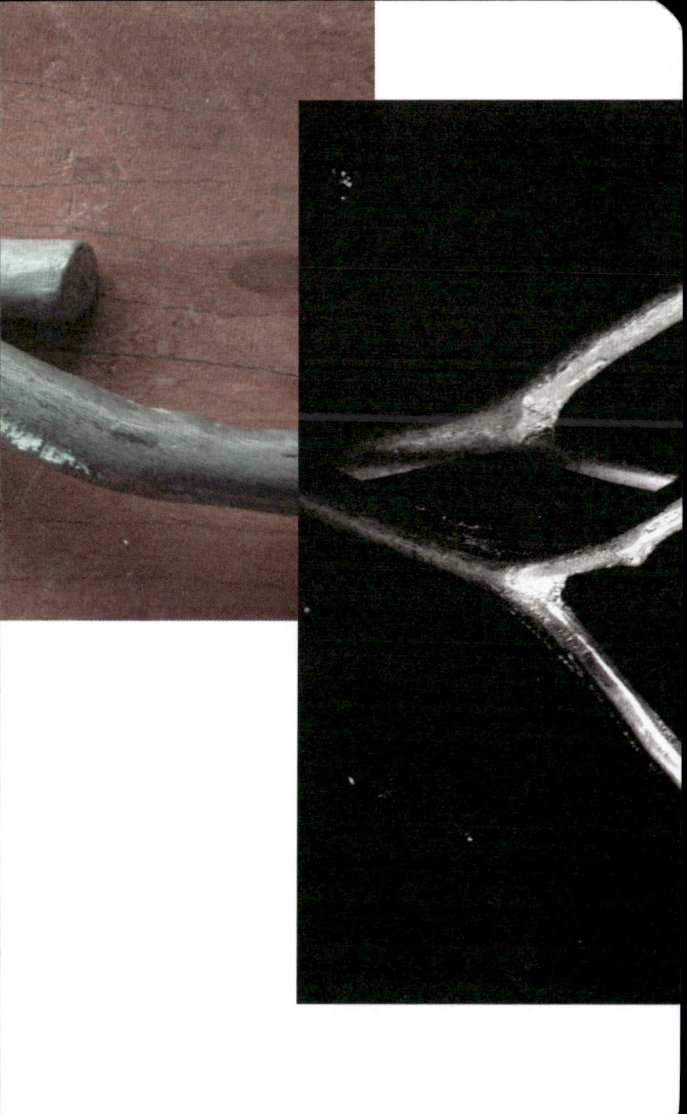

Dia 26
Palavras para refletir sobre a consequência de atos

Recentemente ganhou espaço na mídia uma história interessante.

Um menino escreveu uma mensagem e a lançou ao mar, numa garrafa. A garrafa foi encontrada 30 anos depois e recebeu uma resposta pela internet, depois que a pessoa que localizou o objeto encontrou numa rede social o menino, que se tornara já um senhor. Imagine: uma brincadeira de criança se torna manchete de jornal, ganha importância no mundo inteiro. Uma resposta 30 anos mais tarde.

Fala-se muito da lei da ação e reação, da lei do retorno, mas isso não pode ficar apenas no campo da teoria, é importante praticarmos esse princípio, prestar atenção redobrada nas nossas ações, sejam elas externas — nossas atitudes — ou internas — nossos pensamentos —, o tempo todo.

É como uma gota que cai na água e gera ondas que não se sabe bem que magnitude alcançarão.

Sabe aquela mentirinha que você conta quando chega atrasado ao trabalho? E aí o seu filho chega com um comunicado da escola, dizendo que a criança inventa histórias para não apresentar a lição de casa. Então, é a mesma coisa.

Plante e colherá. Exatamente como na alquimia, que diz: "Tudo que há em cima, há embaixo". "Assim na terra, como no céu", somos reflexos de nossas ações e pensamentos.
Pense, mas pense bem. Aja, mas aja corretamente.

Dia 27 — Palavras para não propagar a maledicência

A melhor definição de fofoca que já ouvi foi no filme Dúvida.

Nele, o ator Philip Seymour Hoffman interpreta um padre, responsável pelo serviço religioso de uma escola, que está sendo acusado pela madre superiora, interpretada por Meryl Streep, de estar assediando sexualmente um dos alunos.
Ele aproveita o sermão dominical para contar uma história de um pastor amigo dele que recebera a confissão desesperada de uma fiel, suplicando por clemência:

— Padre, por favor, me perdoe, pequei. Levantei falso testemunho, disse inverdades a respeito de um homem que agora está sendo malvisto na comunidade.
O reverendo então lhe diz:
— Sem problemas; você quer reverter o efeito de sua maledicência? Então, pegue o travesseiro desse homem, uma faca e suba no telhado de sua casa; em seguida, rasgue com a faca o travesseiro.
E assim fez a mulher, que volta a falar com o religioso:
— Padre, fiz como o senhor mandou.
— E o que aconteceu em seguida? — continuou o padre.

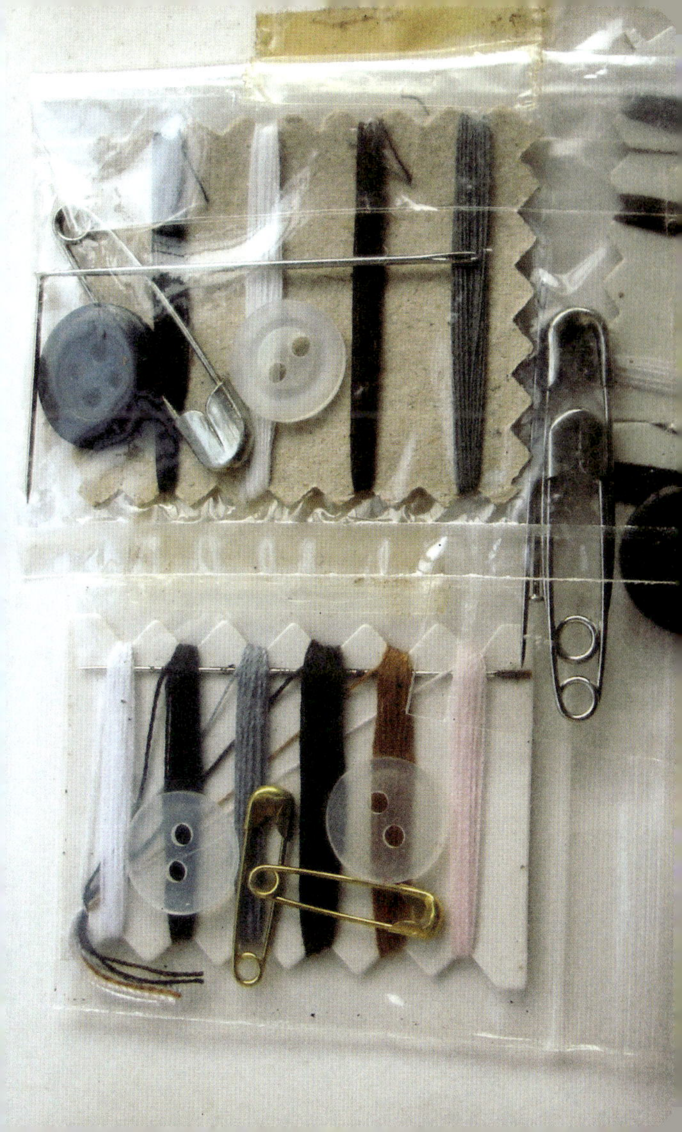

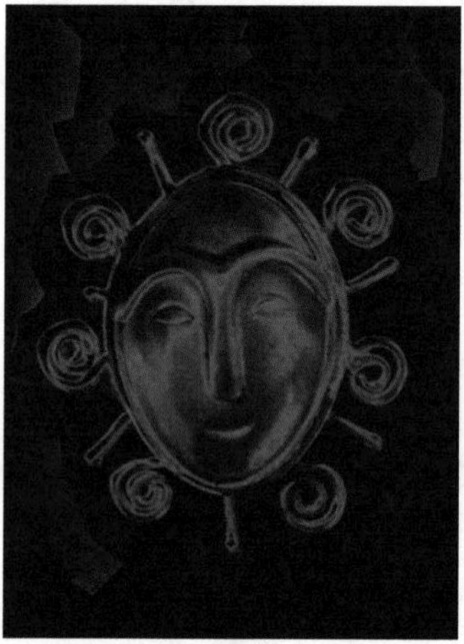

— O tecido se rompeu, e todas as penas do travesseiro se espalharam pela cidade.
— Muito bem. Agora você deve pegar cada uma das penas espalhadas e montar o travesseiro novamente.
— Mas, padre, isso é impossível, nunca poderei reunir as penas e fazer um travesseiro como era.
— Pois, então — respondeu o padre —, isso é fofoca. Não se pode reparar o mal já feito.

Adoro essa história.
As palavras têm poder, e nós podemos escolher usar esse poder a nosso favor ou contra nós.

Dia 28
Palavras para seguir com o autoaprimoramento

Pegue uma caneta e uma folha de papel e sente-se. Você vai escrever uma carta.

Escolha um destinatário fictício, para que você possa estabelecer uma conversa com ele.
Coloque local e a data: exatamente um mês a contar do dia de hoje.
Faça um inventário detalhado da sua situação hoje e coloque no papel, em detalhes, como você acredita que essa situação vai evoluir e vai estar daqui a 30 dias.
Em seguida, guarde-a e mês que vem leia-a.

Seja honesto.

O que você esperava e o que aconteceu de fato? Compare expectativas e resultados, corrija o que tiver de ser adequado, talvez menos expectativas, ou, quem sabe, mais ação.
Escreva outra. Repita o procedimento.
Ação contínua. Faça isso sempre. É um bom exercício para fixar metas e avaliar processos.

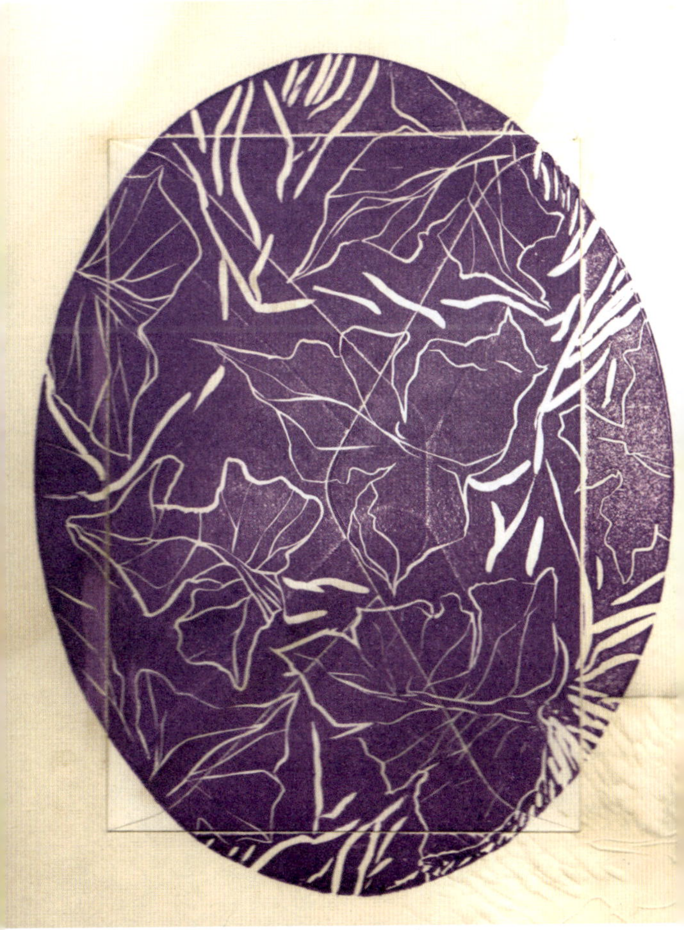

Dia 29
Palavras para esquecer os prejuízos

Ao fazer um balanço de sua vida, talvez você se depare com pessoas, coisas, valores que perdeu, ou talvez o tempo que perdeu.

Ou, ainda, uma oportunidade perdida.
Quem sabe, uma disputa que perdeu, uma chance de ficar calado que se foi.
Faça uma relação detalhada dessas "perdas".
Junte todos os suvenires dessa desgraça particular. Escreva num papel, lembre os detalhes, ressinta todas as raivas, alegrias, tristezas.
Isso deve durar no máximo duas horas.
Em seguida, queime tudo isso.
Esqueça os prejuízos.
Se tiver que pedir desculpas a alguém, peça.
Se quiser começar um projeto do zero, recomece.
O que não tiver remédio, remediado está:

liberte-se e siga adiante.

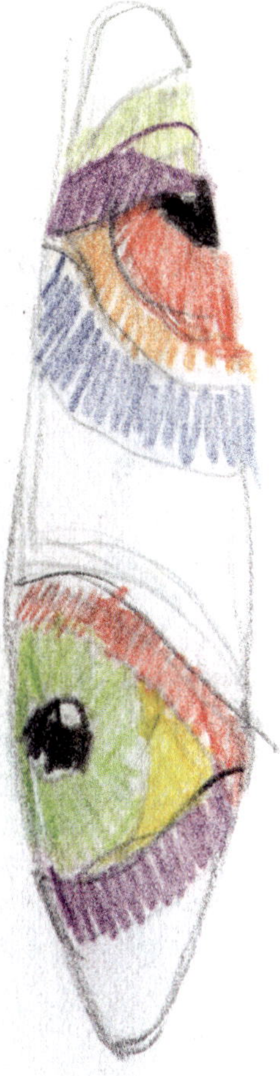

Dia 30
Palavras para valorizar o possível

Hoje é dia de fazer um inventário e de estabelecer as próximas metas. Deixe o chicote de lado. E também a autocomplacência.

É muito importante estar intimamente satisfeito com seus progressos. Ter certeza absoluta de ter feito o melhor.

Fazer inventários é um hábito saudável. E pode ser diário.

Exemplo: "Fui o melhor possível como pai, como mãe, como filho, como profissional, como amigo?".
Liste o que você fez de bom. E veja onde pode melhorar ainda mais.
Aproveite para festejar as vitórias.
A alegria é a bússola do aprimoramento pessoal.

R L H

Dia 31
Palavras para perseverar no infinito ciclo da vida

*O fim é sempre
a semente de um novo começo.*

*Um dos meus livros favoritos de todos os tempos é O Tarô
Mitológico, de Juliet Sharman-Burke e Liz Greene.
Recorro a ele invariavelmente quando me deparo com situações
de dúvida e inquietação.
Nessa obra maravilhosa aprendi o seguinte: o tarô mitológico é
um oráculo em forma de cartas que têm como base os deuses da
mitologia grega. Estes são tomados como símbolos da natureza
humana, com suas ambivalências de corpo e alma e "seus impulsos
contraditórios de autorrealização e inconsciência".
Esses embates internos, angústias e ansiedades são padrões
universais "comuns a todas as civilizações em todos os diferentes
períodos da história". Parecem ser inerentes à raça humana em sua
busca por evolução e recebem o nome de arquétipos.
O tarô sintetiza por meio de parábola a viagem do ser humano
partindo da inconsciência do Louco, percorrendo vários ritos de
passagem, crises e decepções, esperanças renovadas, até chegar
à vitória da realização ou objetivo, o que, por sua vez, conduz o
homem a outra busca.
Essa viagem é descrita de maneira bastante clara através de 22
cartas poderosas denominadas "Arcanos Maiores". A primeira
é o Louco e a última é o Mundo. Nela, vemos uma serpente que*

O MUNDO

engole a própria cauda e dentro dela a figura de Hermafrodito — ser metade homem, metade mulher. Hermafrodito representa a totalidade, o anseio de complementaridade, o ideal, nossa busca primordial de equilibrar o masculino e o feminino, razão e sentimento, ação e recolhimento.
"No entanto, somos humanos e a divina androginia está além do nosso alcance."
Assim, Hermafrodito, o ser completo, é rodeado pelo mundo, por Oroborus, a serpente que engole a própria cauda, que vem nos lembrar de que a busca pela totalidade é tarefa da eternidade e que o fim de uma jornada necessariamente é o início de outra.

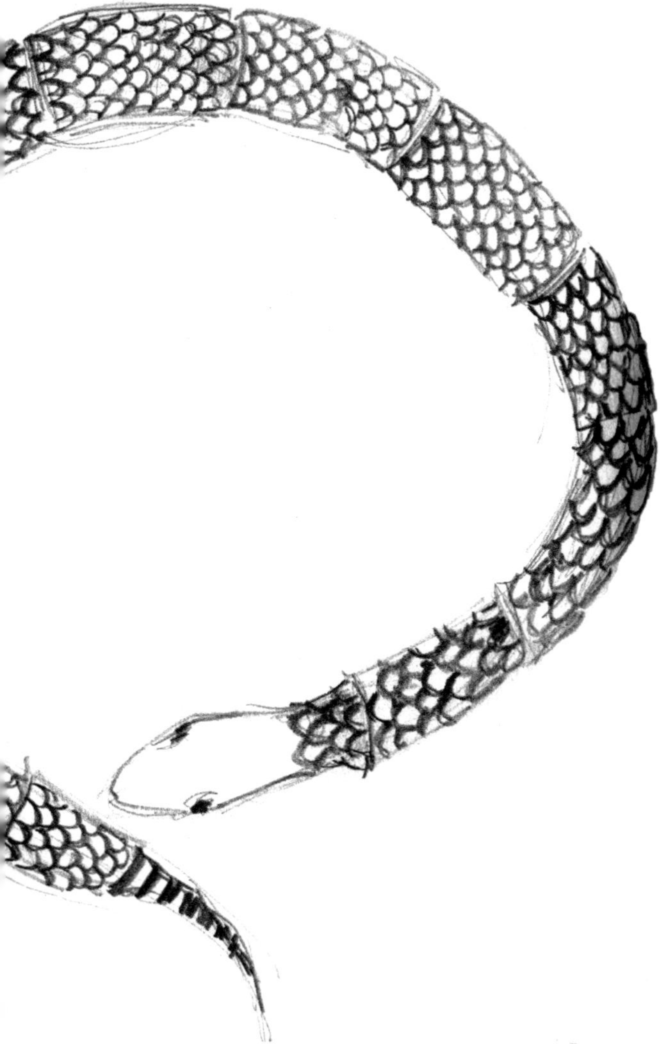

agradecimento

Agradeço muito a oportunidade de dividir alguns pensamentos e descobertas e desejo a você o que desejo para mim: momentos de muita alegria em nossa jornada infinita. Amanhã é outro dia.

elisa
maria
stecca

Créditos das imagens

Capa — Coração com asas. Digitalização a partir de colar. Bronze. 2008.

Folha de guarda — Estampa a partir de pingente "Folha", primeira peça que fiz na vida. 1994.

p. 6-7 e p. 90-91 — "Oroborus". Grafite. 1998.

p. 8 — Autorretrato em marchetaria. Recorte em papel madeira aplicado sobre caderno indiano. 2006.

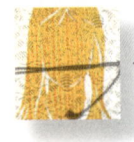

p. 10 — "Borboletas de livro". Anônimo. 1965.

p. 12-13 — Tiara *dent de lion*. Foto de Jaques Faing. 2008.

p. 15 — Ilustração de Willian Gaertner sobre reprodução de "New York, New York", de Erté. Serigrafia em relevo com *foil stamp*. Licensed by Sevenarts, Ltd. 2007.

p. 17 — "Botão de marchetaria". Recorte em papel madeira. 2007.

p. 19 — "Autorretrato". Esmalte fundido em vidro. 1998.

p. 21 — Scan de cartão postal emoldurado, Baron Gerard (François) 1770-1837 "l'amour et Psyché". Presente de Fábio Delduque.

p. 23 — Broche em ouro, prata e marfim da coleção "Desenhos de criança". Foto de Fabio Heizenreder, desenho de Pedro Palomino Vieira Magalhães. 1998.

p. 25 — Retrato. Guache. 1997.

p. 27 — "O dia em que o sangue correu pelas minhas veias aos pedaços". Objeto em quartzo, bronze e coral. Foto de Fernando Lazlo. 2007.

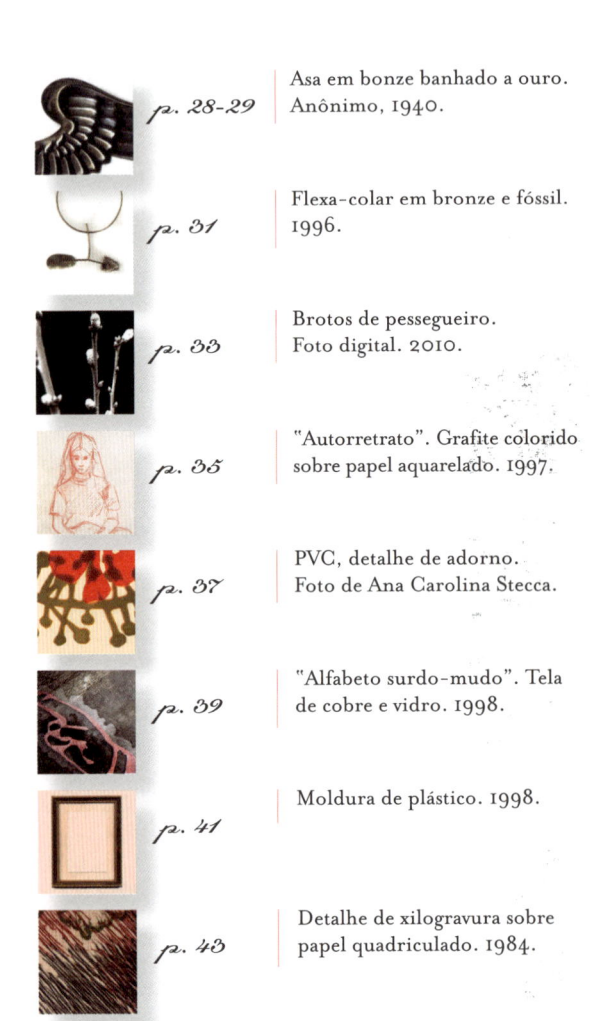

	p. 28-29	Asa em bronze banhado a ouro. Anônimo, 1940.
	p. 31	Flexa-colar em bronze e fóssil. 1996.
	p. 33	Brotos de pessegueiro. Foto digital. 2010.
	p. 35	"Autorretrato". Grafite colorido sobre papel aquarelado. 1997.
	p. 37	PVC, detalhe de adorno. Foto de Ana Carolina Stecca.
	p. 39	"Alfabeto surdo-mudo". Tela de cobre e vidro. 1998.
	p. 41	Moldura de plástico. 1998.
	p. 43	Detalhe de xilogravura sobre papel quadriculado. 1984.

p. 45 — "Borboleta". Desenho digital, Lobão, Los Igks. 2001.

p. 46-47 — Detalhes de "Borboleta" Los Igks. 2001.

p. 49 — "Olho com lágrima". Broche em prata, coral e resina. Coleção Maguy Etlin. 2004. Foto de Christhian Sievers. 2005.

p. 51-52 — "Desenho e seu duplo". Guache. 1998.

p. 55 — "A cruz e o destino". Foto PB. 1992.

p. 57 — Trevo de quatro folhas que encontrei na fazenda do Renato Marques durante a minha primeira gravidez, 1998.

p. 59 — "Inseto". Pingente de ágata e bronze. Foto de Christian Sievers. 2007.

p. 60 — Flor de resina. Pingente. 2006.

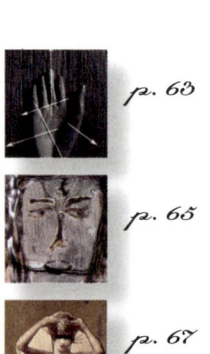

	p. 63	"Linhas da mão". Intervenção sobre foto. 2010.
	p. 65	"Autorretrato". Lustre metalizado fundido em vidro. 1998.
	p. 67	"A mulher proibida". Colagem. 1992.
	p. 69	"Gérbera", da Coleção Joias de Luz. Elisa Stecca (metal) e Lincoln Lucchi (iluminação). 2008.
	p. 71-75	Experiências com galhos de alumínio. Foto digital tratada. 2010.
	p. 77	"Onda de pingo". Detalhe tratado de foto de Jaques Faing. 2010.
	p. 79	"Acúmulo". Agulheiros de hotel. 1992.
	p. 80	Máscara. Construção digital a partir de foto de anel. 2010.

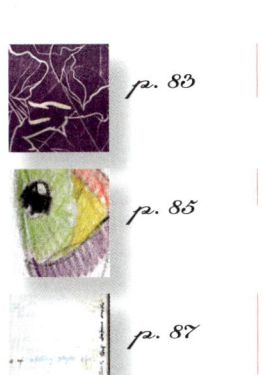

p. 83 — "Naturação". Linóleo sobre envelope, detalhe. 1984.

p. 85 — "Para S". Grafite. 1998.

p. 87 — "Página velada". Guache sobre entrevista com Robert Lee Morris. 1997.

p. 89 — Carta de tarô. *O tarô mitológico*, Edições Siciliano, 1988.

p. 92 — Tipo de metal. Inglaterra, começo do século XX.

p. 93 — Carimbos de linóleo.

p. 102 — Anel careta. Prata, bronze e cobre. Foto de Fabio Heizenreder.

p. 103 — Marcador de livro. Estanho e latão. 2009.

Sobre a autora:

Nasci em São Paulo. Estudei nos colégios Madre Alix e Logos, cursei Direito na USP e me formei em Licenciatura Plena em Artes Plásticas na FAAP em 1986. Estudei joalheria com Nelson Alvim, estilo com Marie Rucki do Studio Berçot em Paris e técnicas variadas em vidro na Pilchuck Glass School em Seattle.
Participei de várias mostras em museus e galerias entre os quais se destacam: Galeria Subdistrito, Museu de Arte de São Paulo (Masp), Sala Funarte (RJ), Centro Cultural Vergueiro (SP), Museu de Arte Brasileira da FAAP (SP), Museum of Contemporary Art (Los Angeles), The Weissman Museum of Minessota, The Walker Art Center (Minneapolis).
Trabalhei como produtora de moda na *Folha de S. Paulo*, revista *Claudia* e *Claudia Moda*, entre outras, e fui editora de moda e beleza da revista *Vogue*.
Em 1993, abri a Elisa Stecca Design, onde faço projetos e peças de joias, objetos para casa, brindes e roupas. Apresentei minhas coleções de roupas e joias em desfiles na Semana de Moda, Casa de Criadores, Phytoervas Fashion, BH Fashion, e no Crossing Fashion em Graz, na Áustria. Tive matérias publicadas em várias revistas nacionais e internacionais como *Collezioni* (Itália), *Wallpaper* (Inglaterra), *Arte y Joia* (Espanha). Já dei palestras e cursos na Modeschule Graz (Áustria), Festival de Arte da Serrinha (Bragança Paulista), Boom SP Design e Boom Rio Preto Design (São Paulo).

Mais sobre Elisa Stecca:
www.elisastecca.com.br
http://elisastecca.blogspot.com/

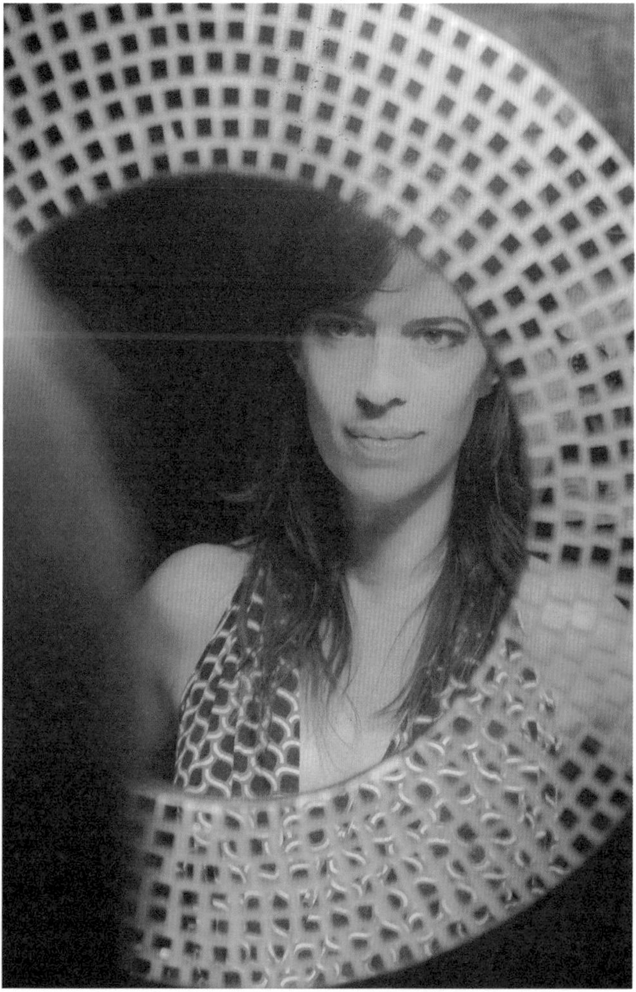

Pequena lista de livros que gostaria de sugerir para você se aprofundar em alguns temas:

BLUM, Ralph. *O livro de Runas.* Bertrand Brasil.

CATFORD, Lorna; RAY, Michael. *O caminho do herói cotidiano.* Cultrix/Amana.

DYER, Donald R. *Pensamentos de Jung sobre Deus.* Madras.

GROF, Christina. *Sede de plenitude.* Rocco.

HAY, Louise L. *Você pode curar sua vida.* Editora Best Seller.

SHARMAN-BURKE, Juliet; GREENE, Liz. *O tarô mitológico.* Siciliano.

SKINNER, B. F. *Questões recentes na análise comportamental.* Papirus.

TANIGUCHI, Masaharu. *Minhas orações.* Seicho-No-Ie do Brasil.

Grupos de apoio e ajuda mútua

- **Alcoólicos anônimos**
www.alcoolicosanonimos.org.br/

- **Codependentes anônimos**
www.codabrasil.org

- **Amor exigente para codependentes**
www.amorexigente.org.br

- **Seicho-No-Ie**
www.sni.org.br

- **Mulheres que amam demais**
www.grupomada.com.br

- **Narcóticos anônimos**
www.na.org.br

- **Neuróticos anônimos**
www.neuroticosanonimos.org.br

- **Orientação espiritual**
www.aluzdivina.com.br

- **Devedores anônimos**
www.devedoresanonimos-rio.org

- **Johrei**
www.messianica.org.br/

- **Arte Mahikari**
www.icp.com.br/37materia2.asp

MATRIX